我原本以為，自己遲早能像
那個人一樣成為傑出的大人。

我原本相信，自己遲早能像
那個人一樣成為出色的妖精兵。

只要堅持到最後，夢想就會實
我仰賴著這句話，一路奔馳至

——雖然我還沒有放棄。
但我已經厭倦持續奔跑了。

對於末日的到來，
我心裡其實懷有一絲期盼。

緹亞忒·席巴·伊格納雷歐

枯野　瑛
Akira Kareno

illustration
ue

—Do you have what THE END?
May I meet you
once again?

末日時在做什麼？能不能再見一面？1

菈琪旭・尼克思・瑟尼歐里斯
「對不起對不起對不起對不起！」
呃……以前我有個朋友。
在我出生的森林附近有座村子，他就住在
那裡。他似乎是打破了「不能進入森林」
的囑咐跑進去玩，而發現了剛出生的我。

我們很快就變得很要好。
他教我唱歌，還教我吹草笛。
差不多在第三天吧。村裡的大人認為孩子被森林妖精迷惑，於是大為光火地要來討伐我。
當時，我那個朋友拚了命地袒護我。他跟大人說：我不是壞妖精，我是他重要的朋友……
雖然我已經連他的名字和長相都不記得了，唯有當時的心情，我到現在還記得一清二楚。
我覺得……非常非常地高興。
所以，對於妖精誕生瞬間會抱持的奇妙情緒，我並不像其他人一樣記得那麼清楚。
我也覺得有一點可惜就是了。

可蓉・琳・布爾加特里歐
我出生時的情形？噢，我記得非常清楚喔。
我回過神來，發現自己坐在昏暗的洞穴裡。還有，感覺亂恐怖的。
嗯～與其說是我在害怕，感覺更像有某個人透過我在害怕……我不太會形容，反正就是有那樣的感覺。
總之，我怕到想要「哇～」地叫出聲來。要是一直不吭聲，我覺得自己好像就會這樣溶化消失。
所以嘍，我就這樣喊了！
哇～！嘎啊～！咕哇～！
結果，我就變得比較不害怕了！

「噢，我很幸福啊！」
……咦，啊～你果然也那麼覺得嗎？
哇哈哈，其實我也那麼覺得。
我跟以前沒什麼改變。只是從獨自吵
鬧的小孩變成了跟大家一起吵鬧的小
孩而已。
但是這樣就夠了。因為我還滿喜歡我
們的這個樣子！

潘麗寶・諾可・卡黛娜
「該怎麼說好呢……你很坦率，但並不老實。」
自己誕生時的情形啊……我不太想仔細去回憶。不，並沒有發生多嚴重的事情。當時我孤零零地坐在因為森林火災而燒光的森林裡。

該怎麼說呢……當時我心裡充滿了像是空虛，也像是失望，感覺來路不明的漆黑情緒。
我懷著那種情緒，什麼也不做，只是茫然地望著燒得焦黑的樹木與眾多野獸。
剛誕生的我能在那場火災中活下來，肯定只是出於幸運。
當然，我還是有被火花之類的東西稍微燙傷。但在我身受重傷之前，年長的妖精兵們就先發現我了。
……是啊，誰曉得呢。當時的漆黑情緒不知道消失到哪裡去了。說不定，目前仍有一絲那樣的情緒埋藏在我心中的某個角落。

我決定嘍，妖精兵。
無論是大義名分或大陸群的未來，
那些都無關緊要。
——我就是要阻擾妳們。
費奧多爾・傑斯曼

末日時在做什麼？能不能再見一面？

1

枯野 瑛
Akira Kareno

illustration ue

Kadokawa Fantastic Novels

末日時在做什麼？能不能再見一面？

contents

「追逐背影」
-next to you-

姊夫直到最後都在幫忙反對。

然而，雙親與祖父母卻對這件事著實感興趣。

到最後姊夫也屈服了。他一再叮囑少年：「無論如何都會排斥的話，就要立刻說。」然後懊悔地退讓了。

他們談的是政治婚姻。

少年當時十歲，而女方聽說七歲。

少年被帶往一座綠意盎然的公園。

公園已經被兩家人包下，女方就待在園裡某處。

相親會從少年跟她命運性相遇的那一刻開始。接著兩人就會拉近距離，加深感情，並且自然而然地論及婚事。

那些人是白痴嗎？

包下這麼廣闊的地方來導戲，哪有什麼命運可言！更別提什麼自不自然，劇情從頭到尾根本找不到半個自然的地方。

一問之下，這些花樣似乎是談成近百場親事的知名媒人安排的。該怎麼說呢，光是事實如此就叫人生厭。難道已經有近兩百名男女被迫奉陪這種莫名其妙的品味了？少年由衷感到同情。接下來連自己也要變成同路人了，還請眾先進多多關照。

少年邊想邊下了馬車，走進公園。

園裡有個小湖泊，有圍繞湖邊的散步小徑，有花圃，有幾片森林恰到好處地遮掩住視線。從中可以看出「盡情享受浪漫吧」的用意，實在令人反胃。

「……趕快交差了事吧。」

雖然對表示關心的姊夫不好意思，但少年始終對這件事由衷感到無所謂。

他原本就出生在樂於將十歲小孩當棋子用於政治婚姻的家庭。從小受到的教養方式，並不會讓他對男女情愛懷有夢想。

此外若要再提一個理由，那就是對方的年齡。

七歲是怎麼回事！足足小了三歲不是嗎？

提出這次親事的傢伙，肯定沒有把孩童間的年齡差距當成多大的問題。大人常有這種誤解。他們一點也不懂三年對小孩來說有多長，因此造成的人生經驗差距有多令人絕望。

每一個大人明明都經歷過孩童階段，為什麼卻會忘記這種理所當然的道理？

——好吧，先不提這些了，那個七歲小孩在哪裡？

少年決定將有可能的地方依序找過。

時令花圃。人不在這裡。

小丘上的涼亭。人不在這裡。

有風吹拂的散步路徑。雖然繞了一圈，卻沒有發現類似的人物。

這說不定，搞不好是如此。

畢竟對方才七歲。年幼得連有沒有確實理解這場鬧劇的意義都值得懷疑。說不定她真的誤以為這是在玩捉迷藏或什麼來著。那樣的話，狀況就有點麻煩了。畢竟大概是怕損及場面的戲劇性，自己連對方的長相都未被告知。

既然如此，已經找過的地方看來也要再仔細搜一搜才行。

「傷腦筋……」

少年一邊在內心嫌麻煩，當場轉了身。

就和位在稍遠處的小女孩目光交會了。

「…………啊。」

「…………呀啊。」

仔細一想，其實合情合理。

早已理解大人世界有多麻煩的少年，與比他小三歲的這個少女，對於現狀的看法未必是一樣的。

對自己被迫成婚的對象存有戒心，合情合理；想盡可能拖延雙方相遇的決定性場面，藉此多觀察一下對方，也是很自然的事。

「啊唔。」

少女發出哀鳴似的微弱叫聲，轉身想跑。

結果踩到禮服的下襬。

跌了個大跤。

以淡藍色蕾絲交織而成，看似昂貴的禮服，頓時沾滿了泥土。

「啊……唔……」

女孩努力過了。她一瞬間忍住淚水。

但只忍得住一瞬。她一屁股跌坐在泥地上，開始哇哇大哭，哭相慘到讓人覺得連傾盆豪雨都不過爾爾。

少年用湖水沾濕手帕，幫女孩擦拭沾到臉上的土。

並盡可能幫忙拍掉禮服上的泥土。

哭哭啼啼的陰鬱臉色依舊沒有消退，少年只好主動跳向旁邊的泥地。他當場滾來滾去，將身上的西裝澈底弄髒。

大概是那副模樣太令人發噱的關係吧。女孩隨即變得一臉愕然，不久就笑了起來。

「如何，這麼一來，挨罵時我也一樣有份了。」

「嗯！」

霎時間，從女孩的屁股附近，有條長著黑毛的尾巴冒了出來。

——那女孩身上有返祖現象。

少年脫下她弄髒的手套，並且拍掉禮服的泥土後，一看就明白了。

明明生於無徵種家族，卻在久遠以前不知道從哪裡混到了獸人血統，並在她這代半吊子地復甦。

雙手雙腳覆著薄薄的黑色毛皮；屁股長了尾巴；帽子底下藏了小小的貓耳。要是仔細端詳，連眼眸都跟貓一樣，臉上還長著大約六根細細的鬍鬚。

「家裡說，對我這樣的瑕疵貨而言，這門親事剛剛好。」

喉嚨構造大概也有差異吧，她的發音聽起來有些獨特。

「啊～原來如此。」

女方家族恐怕存有老掉牙的矜持心態。

家裡出了個四不像的獸人女兒，應該只會礙事才對。

如此一來，就可以理解他們硬是想促成這門政治婚姻的理由了。既能清除麻煩，又能鞏固兩戶好人家的聯繫。在她家看來，這肯定是相當妙的高招。

「你是……正常的無徵種嗎？」

「哎，姑且算是吧。雖然是否可以用『正常』來形容無徵種，倒不太好說。」

「咦，只要是無徵種就跟大家都一樣。應該很正常吧？」

「關於那部分，我想各人有各自的見解。在這社會上，除了妳的父母以外，還有各種不同的人。」

「……我聽不懂太難的話。」

「因為我十歲了啊，比七歲懂得更多。」

「真狡猾，我很快也會長到十歲。」

「到時我就十三歲了。我會比現在學得更多，變得更有見識。」

「……唔～」

女孩鼓起腮幫子的模樣很可愛，正符合其年紀。

她離適婚期當然還很久。

然而，少年不得不認同她相當有魅力。

說來說去，他們還是被迫有了戲劇性的相遇。彼此距離拉近，關係也變得要好了。只剩順水推舟地論及婚嫁。

雖然總不可能一切過程都在計算之內，到頭來還是落得照他人盤算起舞的局面。該怎麼說呢，感覺令人不爽。

「呃……」

大概是少年將怒意顯現在臉上的關係吧。女孩有些過意不去地輕輕拉了他沾滿泥濘的衣袖。

「我今天……不回去不行了。」

被她一說，少年才注意到已經過了滿長一段時間。往湖邊設置的大鐘看去，可以發現離相親結束的預定時間剩不到十分鐘。

「這樣啊。哎，這段時間還算愉快。」

語畢，少年當場伸了個懶腰。

鬧劇奉陪至此，少年覺得自己對家裡的期待已經有了交代。儘管祖父曾蠻橫地表示：

「即使動用『眼睛』也要讓她就範。」不過他實在沒有那種意願，或者說，沒那種必要。

因此這樁婚事就推掉吧。

他要讓把這個小女孩（還有自己）當道具的計畫泡湯。

「等妳比現在大一點以後，可以想辦法離開家裡。我覺得肯定會比像現在這樣關在無徵種的家裡好過。」

衣襬被拉住了。

「怎樣？」

「我們之間……結束了嗎？」

少年沉默。

「我還想……跟你講話。」

這——

「我跟妳並沒有什麼好說的。」

嬌小的手掌使勁緊抓住衣襬。

這個女孩在以往的成長過程中，八成都不被允許像這樣跟人聊天。

等到她不再無知，就不會因為自己非屬無徵種而自卑了。而她的家族並不樂見那種情形。基於那層因素，她才會被關在鳥籠裡吧。

只要現在甩開這隻手，事情就能了結。

少年將會回到跟以往相同的生活中。

少女也會回到跟以往相同的生活中。

「拜託你。」

她正在擠出自己不習慣的勇氣吧。

那個女孩氣息有些紊亂地傾訴：

「——將來……你能不能……再跟我見面呢？」

少年感到莫可奈何。

碰到這種狀況，怎麼可能拒絕得掉？

他很想稱讚那個不知名媒人藉此談成近百件親事的技術。

「知道啦知道啦。我答應妳，我會跟妳見面，所以別露出那種泫然欲泣的表情了。」

少年揮了揮手，擺出投降姿勢。

「只不過，這段交往關係或許會很長久，妳要有一點心理準備喔。」

「很長久……大約三年嗎？」

「假如三年能了事，就不叫親事啦……」

少年思索這女孩三年後的模樣。她會長成什麼樣子呢？

他還思索了更久以後的未來。她會變成什麼樣的女性呢？

接著，少年發現自己津津有味地想像著那種事，對此感到沮喪。

「要是能見很多次面，就會有很多開心。」

「是嗎是嗎。能讓妳開心，我也很高興。」

這話裡帶有一絲絲挖苦，以及偷偷藏在挖苦底下的老實心意。少女大概絲毫沒聽出那種細微的語感，只是照著字面來理解。

「嗯！」

她露出了耀眼得讓他無法直視的笑容。

†

父母為此高興，祖父也為此高興。

只有姊夫擺出著實複雜的臉色。

然而在少年說明「對方是個滿乖巧的女孩，我只是跟她正常來往罷了」後，姊夫就有些五味雜陳似的點頭表示：「這樣啊。」

在那之後，兩人偶爾有機會碰面。

少女每次見面都會纏著他詢問有沒有什麼新奇的事。為了滿足她的期待，少年非得比過去更加勤奮向學。

他並非完全沒有感到不滿。

主要是針對女方家裡的作風，對此少年常感到不耐。

然而，剔除那部分不提，每天依舊過得很快樂。
他曾由衷期望，那樣的日子能永遠持續下去。

「等待末日的城鎮」

-metalcraft miniature garden-

1. 年輕的四等武官

自萊耶爾市被宣告會毀滅起，差不多過了半年。

儘管這是早已料到的狀況，但城市正順利地化為鬼城當中。行人幾乎天天在減少，原本熱鬧的商店街也陸續拉下鐵捲門。

幸好費奧多爾偏愛的麵包店仍有營業。品項固然減少了，不過基本款商品依舊健在。他聽從餓癟的肚子之意，買下數量多到可以整袋捧在臂彎裡的甜甜圈。

「謝謝惠顧～」

費奧多爾一邊承受店員有氣無力地從背後傳來的招呼聲，一邊走出店鋪。

接下來，找個地方去吧。

回營房吃這些東西就不太有滋味了。反正沒弄到外出准許，也不趕著回去。再說難得換了便服，他覺得既然要吃，就該到景致優美的地方吃。

費奧多爾叼著一個甜甜圈邊嚼邊走。

這座城市特有的陳年金屬味挑動著鼻子。

這裡原本是懸浮大陸群（Regulu Ere）首屈一指的礦山所在處。

眾礦工形同挨著陡急的山脊過活，他們所居住的區域直接構成了現有城鎮的主體。當中沒有可讓像樣的都市計畫介入的餘地。工棚搭起，道路拓出，供路面氣動車行駛的軌道鋪設完工。作為建材的石材立刻就短缺了，數量豐富的鐵板便代司其職。從各處聚集而來的岩小鬼（Kobold）與紫小鬼（Gremian）陸續將採礦用的機械裝置組裝完成。

無論是路面或牆面，都布滿了來路不明的管渠及雷線之類。

由金屬打造的街容，即使在整座懸浮大陸群當中恐怕也絕無僅有。

「嘿咻。」

主要大街還算好走。因地而異，有些地方也保留了馬車能通行的寬度與平坦度。

然而只要稍微朝暗巷走，狀況就變了樣。

首先，幾乎沒有平坦的道路可言，有的只是陡坡或相當陡峭的階梯。沿著狹窄階梯上上下下，描繪出一圈圈的螺旋。處處都幽黑昏暗，在外行人眼裡看來，相似的景物更是連綿不絕。方向感這種東西很快就會失靈。順帶一提，指極針也不可能派得上用場。

萊耶爾市是對外人不善的城市——假如有人這麼說，萊耶爾市民大多會表示「說笑的吧」而一笑置之。若是要說，這座城市對任何人都平等。就算對我們這些當地居民，也一樣毫無善意。

而那些也全是過去式了。

「哇啊，噢，噢。」

費奧多爾踏著粗大管渠，將身體擠進狹窄的縫隙。

他走在沒有路的路上，撥開都市叢林而行。

這座懸浮島的礦山已經封閉了好一陣子。應該長時間沒經過維修。沿途有幾處老舊的鉚釘已經脫落，還差點害人失足滑落。

「……真冷清。」

費奧多爾坐到粗大管渠上頭，叼著甜甜圈稍作歇息。

在視野一隅，可以看見有小型自律人偶(Golem)匆匆忙忙地跑過。

它們只會依循製造時輸入的命令，是可以忠實地動個不停的道具。還能接收複雜到一定程度的指示，在其範圍內亦可或多或少賦予判斷的能力。不過，它們對於指示以外的事情就完全無能為力了。

那些自律人偶應該是製造來維修城裡某台機器的。還有，它們收到的指示應該不包含「休息」這一句訊息。因此它們大概會像那樣一直工作，直到在物理上損壞動不了為止。

「真冷清。」

費奧多爾再次發出同樣的嘀咕，然後起身。

他爬上位於廢棄劇場旁邊的小型螺旋梯，在盡頭碰到沉重而生鏽的門。

在這座壅塞到極點的城鎮裡，能遠眺的開闊場所有限。而在這扇門的另一邊，位於略有規模的建築物樓頂的那塊地方，正是為數不多的眺望景點之一。

在費奧多爾來到這裡的路上，甜甜圈已經吃完快一半了。不過換句話說，他還剩另外一半。

「嘿咻。」

費奧多爾用全身靠在生鏽的門上並且將其推開。聲響沉重刺耳。

視野一口氣變得開闊。

在雲海的另一邊，太陽正要西沉。

眼底有好似將銅板胡亂堆疊而成的骯髒街容。

人煙稀少得令人吃驚的那片景色裡，淡淡地瀰漫著有如陷入沉眠中的安詳靜謐。

有個女孩在。

費奧多爾原本以為應該沒有任何人在。他幾乎可以篤定。因此他嚇了一跳，叼在嘴邊的甜甜圈差點掉下來。

對方坐在廣場一角，沒有扶手的邊緣上。

她一邊將腿晃來晃去，一邊眼神空洞地望著遠方。

從那副模樣簡直感受不到生氣。明明人肯定是活著的，卻完全沒有那種感覺。好比目睹了異常精巧的人偶，有種近似不安的異樣感。

從那張臉龐無法看清她的情緒。與其形容成空空如也，倒不如說是完全相反的表情。由於太多情緒交雜在一塊的關係，看起來簡直只像整片灰色的空洞。

——啊～

費奧多爾當場後退了半步。

——這肯定是不該和對方有所牽扯的套路，對吧。

他懷著十拿九穩的把握，決定轉身背對那女孩。

費奧多爾不會天真地思索對方是不是有什麼煩惱，或者有什麼麻煩。那還用說，肯定有。對方專程來到這種地方，還露出那種表情，原因不可能會是「最近有點不敢站上體重計」這樣的小事。

仔細端詳以後，更能發現事情不單純。這個少女既沒生角也無獠牙，白淨肌膚上並未裹著毛皮或鱗片，背後及臀部亦未長出翅膀或尾巴。

有那種外表的種族俗稱無徵種。受大多數人厭惡。甚至普遍被認為是不祥的象徵。不可以靠近，更不能扯上關係。反正橫豎不會有好事。

費奧多爾十分明白這些道理，因此——

「很危險喔。」

他真的被如此開口搭話的自己嚇著了。

費奧多爾急忙用右手「啪」地捂住嘴巴，可是當然來不及。話已經傳到少女耳裡了。

少女簡直像這才頭一次注意到費奧多爾——儘管那不可能——她眨了眨眼抬起頭，看向費奧多爾這邊。視線交會。

那張臉有了生氣……不，恢復生氣了。

年紀恐怕比費奧多爾小一點，約莫十五六歲。嫩草色的輕柔頭髮隨風飄舞，深綠色眼睛在夕陽映照下微微蕩漾。

糟糕。

費奧多爾剛做完不能跟對方扯上關係的結論，一不小心就完全牽扯上了。

「嗯？」

少女帶著孩童般的稚氣臉龐眨了一下眼睛。

「……啊～不要緊喔。我又不會迷糊到滑跤摔下去。再說底下似乎有儲水，就算事有萬一也可以放心。」

少女說完以後，就低頭看了自己坐著的懸崖底下。哎，事實確實如她所說。這下面有稍具深度的儲水槽。摔下去也不至於造成生命危險才對。

「不過，你在替我擔心對不對，謝謝。」

少女笑了。

別無憂慮的迷人笑容。至少看起來是如此。甚至令人懷疑片刻前的陰霾該不會是幻覺或什麼來著。

「呃，我不是那個意思。」

以時機來說，要將對話告一段落也無妨。即使就這樣默默離去，也沒有什麼不自然才對。費奧多爾卻補了一句。

「照我看，妳剛從其他城市來這裡吧？」

「嗯，對啊。」

「那麼，麻煩妳聽我講一下。

這座城市原本是大規模礦山的所在地。在鄰近懸浮島更新貨幣的時期，曾有大批採礦師聚集到此。用於採礦的機械裝置陸陸續續地引進，根本來不及增建居住的區域。」

少女不解地偏頭。

「儘管現在礦脈枯竭了，還是留著許多過去的影子。這座城市大半是由銅板和鉚釘所構成，還有不少將山脈鑿開後的斜面，安裝於居住區各處的機械也仍在運作。」

「唔……唔嗯，我是看得出來啦，這座城市的景觀很奇特。」

少女重新俯望城鎮。

「明明完全看不見泥土地，卻有種溫暖的感覺。和石砌街道別有差異，總覺得好不可思議。」

「這個嘛……」

妳說有溫暖的感覺，或許是因為整座城市底下設置了讓溫水循環的大型機械裝置……倘若如此講明，不知道這個女孩會有什麼反應。吃驚還是佩服；傻眼或露出掃興似的臉；抑或是有笑有樂？

「我想先好好地看一眼。看看我們的生命是用在什麼上面。」

——費奧多爾聽見了內容不可思議的低語。

「走在陌生的地方，欣賞陌生的景色，和陌生人講話。這樣一來，不就可以為了稍微認識的地方、稍微認識的景色，還有稍微認識的人奮戰了嗎？我覺得……那樣更能讓自己賣力。」

「妳需要跟什麼對象戰鬥嗎？」

「嗯。」

少女坦然點頭。

「你願意跟我講話，實在太好了。畢竟就算走在街上，也完全遇不到其他人。總不會所有人都已經死光了吧！想到這一點，我就覺得有點害怕。」

「啊——我了解我了解，那種感覺。當街上只有自己一個人在走動時，會覺得就像世界末日一樣。」

「對對對。而且只有自律人偶仍泰然自若地繼續工作著，該怎麼說呢，看起來總有一股非常毛骨悚然的感覺。」

對彼此所述有共鳴的兩人連連點頭。

滑稽感隨即盈上心頭，讓他們不約而同地笑了出來。

費奧多爾忽然察覺到一點。

「關於我剛才說的那些，還有後續就是了。」

他指向少女坐的位置附近，有著重重接縫的牆面。顏色不起眼的老舊燈號正在閃爍發亮著。

「這個？」

「對，那個。這座城市裡，也有光看無法了解的地方景象。具體來說，像那個燈號就是。」

「嗯。」不明白的臉孔。

「剛才說到有機器在運作，就是指那個。當然它並沒有完全跟過去一樣，目前經過小幅改造後，被用於確保暖氣和供水管理等方面，但機器本身的老舊是改不了的，尤其在排氣系統上更從來沒變過。」

「嗯。」不明白的臉孔。

「警示燈亮了以後，不時就會有蒸氣猛烈地噴出來。」

費奧多爾所說的情形像算好時機一樣地發生了。

溫度並沒有多高。量與密度都不算什麼。就算直接被噴到，也毫無燙傷之虞。

只要是這座城市的居民，就不會感到大驚小怪的日常光景。

而對這座城市還不熟悉的異鄉少女，自然就——

「唔啊！」

發出了亂豪邁的慘叫聲，身子大大地往後仰。

沒坐穩的屁股一滑。

再次強調，少女坐的位置正下方，有深度可觀的儲水槽。就算跌下去，也不至於造成生命危險才對。

噗通——水聲響亮，水柱之勢也不遜色。

「所以我才提醒妳很危險啊。」

費奧多爾從儲水槽把少女拉了上來。

「你後來講得太冗長了……」

「唔嗯，那部分是我不好。忍不住就講得起勁。」

冬天過去了。即使像他們這樣沒有毛皮，也會覺得風吹在身上還算溫暖的季節到來。不過並沒有溫暖到全身溼透仍然好過的地步。

「早點回去洗個澡比較好。認得路嗎？」

「沒……沒問題……」

少女的身子微微顫抖。

「剛……剛才我並沒有被嚇到。我只是想在水裡游一下，才自己跳進儲水槽裡的。你懂嗎？」

未免逞強得太過離譜。費奧多爾忍不住噗嗤發笑。

「呃，妳的理由實在說不通啦。」

「唔……果然不行嗎？」

少女尷尬似的把目光轉向旁邊。不知道該當成倔強或坦率，讓人有些搞不懂的孩子。

哈啾——力道十足的噴嚏聲。

「看吧看吧，妳最好動作快點。太陽下山以後，這座城市冷得可厲害了。在這種地方著涼也很蠢吧。」

「我會的。」

少女活像狗似的打哆嗦。

「那個……謝謝你提醒我有危險，雖然沒幫到什麼忙。」

「雖然妳多嫌了一句，不客氣。好啦，趕快回去吧，快快快。」

費奧多爾「噓噓噓」地揮手趕人。

「嗯，我會的。」

哈啾——這次是聽起來還算可愛的噴嚏聲。

少女轉身背對費奧多爾。

「呃，我們連彼此的名字都不曉得，說這種話或許怪怪的。」

「咦？」

「但願你能忘了我。」

少女交代完奇妙的話，就滴滴答答地向四處淌著水珠跑掉了。

費奧多爾覺得那用不著她特地吩咐。

畢竟，自己現在沒有戴平光眼鏡。

沒有那玩意兒，就裝不出客套的笑容。自己現在的表情肯定死板得不像樣。那個少女雖然並沒有特別講什麼，但心裡或許感到傻眼。幸好他們並不相識，應當不會再見面。希望能就此淡忘，當作沒這回事。

「……真不知道我在做什麼。」

費奧多爾帶著正經臉色，嫌惡似的如此咕噥。

他叼起甜甜圈，將其咬碎，然後嚥下。

驀然間，費奧多爾望向遠方的天空。

今天十分晴朗。沒有雲遮蔽視線，因此可以望得比平時更遠。

在雲海彼端，能看見一團飄浮的黑色物體。

三十九號懸浮島。

短短五年前為止，它對這座三十八號懸浮島曾是好鄰居。

坐擁肥沃平地，強而有力地支持過鄰近懸浮島的糧食需求。以獸人為中心，有各色種族曾居住在那裡。

一切全是過去式。五年前的那一天，那座島的一切都變質了。

如今，它是漂在懸浮大陸群天空的巨大墓碑——

同時，也是名為〈沉滯的第十一獸(Croyance)〉的威脅。

†

這個世界始終與滅亡毗鄰。

談到此類話題，總還是得從人族(Emnetwiht)的暴虐與大地敲響喪鐘說起。

這對活在當世的人而言有些難以置信，然而在廣闊的地表，據說以往幾乎全是肥沃的土地。有緣意漫布各處，有名為海的巨大水窪，還充滿了數不盡的多彩生物。

而人族毀滅了那樣的大地。

他們將強大而超乎常理的侵略者〈十七獸〉孕育出世。那些產物在轉眼之間，便將人族連同大地一起吞噬殆盡，並使其化為空無一物的灰色沙原。

勉強存活下來的少數人，則在名為大賢者的偉人引導下，移居至天空。

〈十七獸〉並不會飛。住到巨大懸浮岩上頭的那些人得到了片刻的安寧。他們決定將不受威脅的那塊地方當成新居，並且蓋房拓土，興建出城市。

大地寬廣無垠，而懸浮岩上頭既狹又窄。

失去的過於龐大，所剩的太過渺小。

即使如此，他們仍將收留自己的最後這塊天地取名為懸浮大陸群，視其為新的故鄉。

之後過了五百年以上的歲月。

堪稱和平的日子仍持續著。

在這段期間，〈十七獸〉並非全無襲擊的動作。有幾座懸浮島淪陷了，住在那些島上的人們全喪生了。

不過換種方式來說，損害都有控制在一定程度之內。

儘管受到轉眼間就將大地毀滅的〈獸〉威脅，懸浮大陸群仍一直飄浮在天空。

而那樣的日子，也在五年前那一天突然面臨了尾聲。

那一天，〈穿鑿（Aurora）的第二獸〉在十一號懸浮島出現了。

間隔兩個月，〈廣覆的第五獸(Materno)〉在十三號懸浮島出現了。

近乎同日，〈沉滯的第十一獸〉在三十九號懸浮島出現了。

當然，這些〈獸〉都不會飛。無法離開地表的它們根本不可能對懸浮大陸群展開襲擊。

然而事實是它們突然在天上出現，並且殘殺了連像樣對策都沒有的人們。

這樁悲劇的原因，在之後判明了。

是當時位於十三號懸浮島的都市國家「艾爾畢斯集商國」為了研發技術及政治工作，而從地表將〈獸〉帶回天空。

誰都沒想到，竟會有人做出這種事。不，在那之前，連要使用什麼樣的技術才可能捕捉〈獸〉都沒人想像過。那個思考的盲點，招來了這樁悲劇。

在那當中，襲擊十一號懸浮島的〈獸〉奇蹟性地被擊退了。

至於另外兩座島，就沒有發生奇蹟。

位於十三號懸浮島的所有東西，都被藍色透明的液體溶光了。

而三十九號懸浮島的一切，都成了耀眼美麗的黑色結晶柱。

問題是在那之後。

〈獸〉不會飛。

因此，吞盡十三號懸浮島的〈獸〉，目前仍籠罩著十三號懸浮島。

而侵蝕完三十九號懸浮島的〈獸〉，也還停留在三十九號懸浮島。

當下它們沒有任何手段能進攻其他懸浮島。然而，沒有壽命大限的〈獸〉要在懸浮島停留多久都行，它們可以一直飄浮於天空。而且事實上，三十九號島正逐漸朝三十八號島逼近。

按照護翼軍航空士的推算，據說兩座島不久以後就會相撞。

並非迎面撞上，而是僅止於嚴重擦撞的程度。原本頂多只有震動帶來的損害，不至於造成攸關懸浮島本身存亡的災難。

但唯獨此刻，那就形同全盤毀滅的預言。那頭〈獸〉會將觸及的萬物納入體內，屆時它必會趁機移轉到三十八號懸浮島才對。而且，它會理所當然地吞下島上的一切才對。正如它在三十九號懸浮島所做的那樣。

即使明白滅亡正逼近眼前，也避無可避。

那項風聲是在距今大約半年前開始傳開的。原本住在萊耶爾市的居民，有幾成一聽到風聲就立刻逃到其他懸浮島了。剩下的人大多也隨著時間倒數而逐漸在減少。

如今這裡所剩的居民，連五年前的五分之一都不到。「市」本身是否還保有最低限度的體制也說不準。

這座萊耶爾市，目前只是一座尚未死去，卻已經了無生氣的城市。

它只是個還沒有完全面臨滅亡的末日沙盒。

2. 護翼軍第五師團

少年——費奧多爾．傑斯曼並不喜歡自己的容貌。

偏捲黯淡的銀髮不聽梳子的話；深紫色雙眸的眼神彆扭而執拗——為了掩飾，他戴了黑框的無度數眼鏡；潔白剔透的肌膚則相當於墮鬼族(Imp)這個種族的宿命。

無角、無獠牙、無毛皮、無鱗片。

明確且典型到沒得辯解的無徵種模樣。

無徵種是惹人嫌的族群。被居住於懸浮大陸群的眾多人厭惡。費奧多爾也是其中之一。他認為無徵種都是人格有毛病的孽種，無一例外，為了世上著想，最好全死光（這有一半是玩笑話）。

以種族來說，費奧多爾跟這座狹小的懸浮大陸群的眾多居民一樣，屬於混血兒。他的曾祖母是食人鬼(Troll)，如果往母親那邊追溯，似乎還混了狐狸獸人的血統。不過那層血統在費奧多爾身上似乎並沒有發揮多大效用，他的外表及特質都跟傑斯曼家的大多數成員一樣，屬於典型的墮鬼族。

墮鬼族是鬼族(Ogre)的一種，換句話說，就是在遠古時代，從人族聚落中誕生的亞種的末裔。他們會潛伏於人族身邊，用受詛的眼睛與邪惡細語誘使人走向墮落與破滅——專為這種惡質的目標而活，既負面又消極的種族。

而且，到了人族不復存在的現代，他們仍漫無目的地繼續賴活著。

以往其眼睛據說潛藏著蠱惑操弄人心的驚人力量。在墮鬼族最興盛的時期，似乎還出過運用力量讓整個小國陷於享樂及墮落的大人物。然而經過長年混血，如今墮鬼族已經沒有那種美妙的能力。他們頂多只是口才好一點又精於扯謊的平凡無徵種。

如此淒涼的墮鬼族後裔德性，正是費奧多爾·傑斯曼。

「砰！」的轟然巨響。

狼頭獸人用幾乎能踏穿鋼板地板的腿力使勁一蹬，讓壯碩身軀騰空。他扭身以將近乎倒栽蔥的姿勢，從天而降似的將右臂揮下。鍛鍊過的成塊肌肉柔韌如長鞭，別說擊碎頭蓋骨，由天空一直線搗下的重拳簡直可將人從頭頂到胯下直接劈開。

身手俐落。乍看下只是豪邁的動作全都精細地連貫而成。

大概可以稱作洗鍊的蠻勁吧。相信力量，委以力量，任由力量發揮。為了將一切交託於本身的最大利器「肌塊」與「膂力」，勁道剛上加剛的拳招。獸人生有爪子這種用於「撕裂」的武器，原本應難以到達單純追求「擊碎」至極致的此一境界。

——這樣的話，憑我的力氣再怎麼樣也破不了這招吧。

現在要對付如此的蠻力。就算從旁出掌推對方手臂，拳路應該仍絲毫不受動搖。即使想用掃堂腿，對方的軸心腳正在半空中迴旋，何況從勁道來看，顯然只要碰到對手身上任何地方就會被震開。因此費奧多爾稍稍放低身架，將右手藏到身後的死角。

獸人反射性地以目光追尋其舉動。費奧多爾將重心移到左腳，並在依然有死角掩飾動作的情況下挪動右手。有如魔術師的那套舉動，也是使用短刀者常會有的舉動。兵器是否已拔出，刀刃長成什麼形狀，他們會在萬般情報都隱瞞住的情勢下直接給對手一刀。

冷靜思考，就會知道不可能有那種事。這裡是體鍛場，這場戰鬥是鍛鍊體術的模擬戰，雙方不可能帶著有刀刃的真兵器上場。然而，身為生物的本能與身為戰士的經驗讓獸人有了動作。他瞬間判斷出費奧多爾右手可發揮的最大殺傷力，並且扭身迴避致命傷。雙眼、鼻尖、耳朵。再怎麼鍛鍊肌肉也無法防禦的部位，可傷及頭顱內側的所有要害，都必須與推測的揮砍軌道保持距離，獸人在半空中挪身——

原本精細的動作出了要命的岔子。

轉得再順的陀螺，只要軸心一歪就會亂套。原本用於維持體勢的勁道，現在全流失於天旋地轉的過程中。不妙——當獸人眼中蘊含後悔之色時，一切都已經結束了。

砰！磅！磅啷！好似用斧頭劈碎木桶的聲音轟然響起，獸人失足跌跤。他的身軀在地上反彈，還撞倒在旁邊以拳相交的其他士兵，一路滾到牆邊才停下。

時間為之靜頓。

尷尬的沉默充斥於體鍛場。在場所有人都忘了自己的模擬戰，注目著牆邊停止不動的獸人。就這樣經過幾秒鐘以後。

「————呼哈哈哈！哎，漂亮！真是有一手。」

亂高興的獸人奮然起身。

「居然碰都不碰，只用虛招就制伏我了！假如你用半吊子的拳腳來破招，我本來可是打算將你輾平的！」

費奧多爾甩了甩雙手給對方看。他手上當然沒有真的短刀。剛才他所做的事情，簡單來說就是當著高手面前虛晃一招，使對方反射性地採取閃躲動作而失去平衡，如此而已。

周遭人們的臉上陸續浮現問號。剛才發生了什麼，為何這個魁梧的獸人會一臉開心地認輸？對此能理解的只有兩名當事者。

「波翠克先生，能獲得你的肯定，會讓人大有自信呢。」

費奧多爾將歪了的眼鏡扶正。

他趕到依舊四腳朝天的獸人旁邊，然後伸出手。接著他握住對方伸來的手，用渾身力氣將人拉起來。

「但是，請不要太抬舉我好嗎。虛招終究是虛招，並非我本身的力量。波翠克先生，這只有在面對像你這樣的真正高手時才管用。」

墮鬼族是好欺騙的種族。

他們打從骨子裡對「欺騙」這種行為抱有強烈親和性。因此其戰法自然也會偏向旁門左道。

「你又說這些奇怪的自謙之詞。不過，聽了感覺倒不壞！」

費奧多爾被對方拍了拍肩膀，非常痛。

姑且不管用字遣詞，那種動手動腳的方式，活像豪爽的鄰居大叔在對待頑皮小鬼頭。

波翠克上等兵是於士兵之間被稱作「臉疤」的狼徵族（Lycanthropos），其膂力在隸屬護翼軍第五師團的兵員中號稱數一數二。

「痛痛痛。」

「喔，是我失禮了。」

不知道是哪個環節讓波翠克發噱，他縮回手「哇哈哈」地開心大笑。

「哎呀，找到了找到了。喂～傑斯曼四等武官～」

門口傳來納克斯上等兵的輕浮呼喚聲。

「總團長在找你耶。你是闖了什麼禍？」

「一等武官……要找我？」

什麼事啊？費奧多爾心想。

現況下，他心裡對自己會被找去的原因並沒有底。

費奧多爾・傑斯曼四等武官是品行端正的模範軍人。先不論實際的性格及素行，至少在文件與一般評價上來說是如此。

假如在評價後頭偷偷為之的壞事露餡了……那就不太妙，但那樣的話總會有什麼預警才對。大概。

「莫非是晉昇的消息？」

波翠克上兵毫無脈絡地給了正面意見，對此費奧多爾回以曖昧的笑容說：「如果是那樣倒值得高興。」

——費奧多爾覺得無聊透了。

這是指剛才的體術訓練。

基本上，自己這夥人要挑戰的對手是〈十七獸〉。若要形容那些東西，它們就是滅亡具體化的模樣。面對光是目睹就會讓內心放棄生存念頭的那些東西，拳腳功夫怎麼可能派上用場。

無意義的訓練。不過是這夥人用來表示自己有拚命幹活的藉口罷了。只是在保有緊張感的形式下，顯露出安逸造成的呆頭呆腦。

「真的是無聊透了。」

前往總團長室的路上。

費奧多爾確認過周圍沒有人以後，才不屑地如此嘀咕。

†

護翼軍乃是懸浮大陸群的劍，同時亦為盾。這一點於好於壞，都是護翼軍身為組織的存在意義，也是獨一無二的強處，更是最大的弱點。

首先，懸浮大陸群並非團結一致的國家。當中住有無數種族，有無數聚落發達繁榮，有無數價值觀圍繞打轉，甚至連善意及惡意的尺度都無法共享，便立地於此。

其存在之所以如此扭曲，要歸因於護翼軍的興起。

那是大約四百年前的事情。曾有隻在天空飄流的〈第六獸〉(Timere)，飄到了二十七號懸浮島。由於這是對大陸群整體的威脅，生活在其上的所有人就該合力面對這件事。

喜劇就此開幕。

有主張應該先嘗試跟〈獸〉對話的善意團體，開始對友軍的軍事行動逐一妨礙；有船團遭到堅持要參加戰鬥的民眾湧入，連出港都辦不到；有群人將賭命作戰視為罪惡，引發了以保護名義拘禁眾士兵的事件；有過度爭功而互扯後腿的國家出現；還有打算擊沉仇敵再假裝是〈獸〉所為的軍隊出現；有一切消息都是情報工作下的陰謀，根本無侵略事實的風聲到處傳播；銀幣的價值幾乎每天改寫，有人發財亦有人破財；有平時就受人嫌惡的族群，被誣指會有〈獸〉的威脅都是他們在搞鬼，因而陸續遭到殺害；至天思想也是在此時誕生的。根據其說法，〈獸〉正是星神（Visitors）為了賜死我們這些不惜違反天意而活之輩才派來的使者，我們要不予抵抗地在喜樂中受死，方為正途，如此這般——

人人都殉於正道。

他們都貫徹了自己所信的正義，貫徹了無從退讓的信念及想法。

到最後，據說當時連一艘飛空艇都沒有抵達二十七號島。

據說連一顆砲彈都沒有朝著〈獸〉發射出去。

而且，在遙遠的後方有幾十艘飛空艇墜落，更有幾萬條性命喪生。

護翼軍創設，是在那之後過了十年左右的事。

無關於懸浮大陸群居民的意志，專門保衛懸浮大陸群的軍事力量。其意志只委由大陸群憲章定奪，不遵從其他任何的法律或善良風俗。只針對〈獸〉的來襲以及都市聚落間的明確侵略行為而出動，並且予以擊破。此外，除了護翼軍以外的所有軍事力量，都嚴禁參與這些戰鬥。

一手接下對於內外威脅的因應，藉此防範更加嚴重的問題發生。護翼軍正是為此創設。而且至今仍秉持著相同的理念。

†

「哎，我當然也不想跟你計較這些喔。」

護翼軍第五師團，總團長室。

被甲族(Armado)一等武官抽著菸，吞雲吐霧地說道：

「不過你好歹身為武官，從鐵絲網的洞鑽出去買甜甜圈吃，感覺實在有病耶。」

有一項壞事露餡了。

「既然要溜出去買東西，弄個軍法嚴禁的酒才對嘛。那樣的話，就算事情露餡了也比較光彩吧。」

不不不不不，這位大官，你在說什麼啊？

「哎，算啦。所以呢，接下來要講的才是正題。」

「……原來剛才那件事不是正題嗎？」

「不是啊，挑起話端罷了。小老弟，有件差事務必要你來負責。」

在隸屬第五師團的武官中，費奧多爾可算是這裡的傑出人才。

個人武藝、古往今來的戰術知識、實地砲械操作。幾乎所有武官必備的技能，他都比別人精通。儘管身為墮鬼族注定體格瘦弱，他還是一路衝上了掛階軍官的位置。

問題在於費奧多爾年紀尚輕，沒碰到靠實戰累積功勳的機會。不過那是時間遲早會幫忙解決的問題。大家都說他早晚會昇三等、二等，走上飛黃騰達之路……而費奧多爾自己也是如此打算的。

而長官指名要他承接任務，就表示有累積成就的機會自己送上門來了。感覺會是個機遇。

「我很慶幸能得到肯定，但是要挑負責人就有點可怕了。難道又查出那些至天思想者要搞什麼大規模的破壞計畫了嗎？」

「沒有。不知道算幸或不幸，要你承接的並非那方面的任務。而是比較和平悠哉的另一種。」

這話就怪了。假如是那種任務，似乎沒有必要指名費奧多爾．傑斯曼來接就是了。

「我明白你想說什麼，小老弟，但你就是頭號人選不會錯。」

語畢，一等武官便將愛睏的眼睛轉向牆上時鐘。

「來得還真慢。」

「什麼？」

「任務內容是要你監督護翼軍第二師團從十一號懸浮島派來的四名上等相當兵。」

「……是。」

這位一等武官只會自說自話。多虧如此，為了咀嚼話中之意並跟上對話的內容，費奧多爾的反應難免會慢半拍。

「相當兵……嗎？」

不太耳熟的字眼。然而，印象中在以前背過的護翼軍軍規裡，是有提到那樣的級職。記得那是在必須將同等於軍人的權限賦予特定人物達中長期時，才會暫時發放的特殊身分。

只聽那一點，會覺得是個求方便的級職架構。在這座有各色種族簇擁居住的懸浮大陸群，本領不輸給受訓士兵的強者在市井裡比比皆是。能光明正大地獲得他們的協助又不對指揮系統造成混亂，會是極具吸引力的事。

然而，實際上軍方既無法那樣用兵，也不曾被迫執行。

要說到理由為何，是因為條件嚴得不切實際。

具體來說，難在「需有三員位階達一等以上的軍官署名」這一段文字。目前隸屬護翼軍的一等武官有十三員，一等技官有十六員。比他們位階更高的只有七將官。要從這三十六員中徵求三員表示同意，難度相當於要護翼軍全體都表示同意。實在無法隨現場需求就隨隨便便地採行。

何況想將普通人當軍人使喚，並不必冠上「相當兵」這種麻煩的身分，直接賦予其真正的軍籍要快得多。實際上，軍方為了那樣運用人手，甚至專門準備了三等巡邏武官及二等咒器技官這類「徒具虛銜」的軍官席次。

十一號懸浮島的某位人物沒有那麼做，表示當中有某種不得為之的理由。換言之——

「會是知名重大罪犯之類的嗎……？」

費奧多爾嘀咕以後，便覺得這有可能。

非得當成軍人來利用，卻不能實際賦予其軍籍。假如有那種政治上的敏感立場，就可以理解為何硬要走複雜的手續。

費奧多爾試著在腦海裡描繪那所謂「上等相當兵」的形象。在十一號懸浮島無人不曉的凶惡罪犯。體格應該與之前的波翠克上等兵相同或者更魁梧。既然如此，大概是巨人系的種族吧。或許因為殺人如麻的關係，雙手總染著紅色。血管突出的禿頭；雙眼總布滿血絲；扭曲的嘴邊總掛著凶狠笑容。

原來如此。像那種傢伙，確實不會想賦予其正規的軍籍。姑且充作相當兵來使喚就好，這樣的判斷很能令人理解。

「哎，反正這群人背後應該有隱情沒錯。」

被甲族彎下短短的脖子點頭。

「不過，為什麼在這種時期會派那樣的人過來？離〈第十一獸〉攻擊作戰還有時間，不過也不算充裕。第五師團每個人光是自己的事都忙不完了。」

「是啊。」

「就是啊。所以說，根本沒空應付身上有問題的外人……」

「小老弟，我正是因為如此才找你來。」

「……方便我請教那是什麼意思嗎？」

叩叩叩——總團長室的門被敲響。

「不好意思，來晚了。我們抵達了。」

微弱的年輕女性嗓音傳來。

「請進。」

「失禮了……」

門把被轉開，門緩緩地開啟——

「讓你久等嘍——！」

——門被使勁推開。

「呀啊啊啊啊。」

伴隨細細的尖叫聲，有個年約十五的橙髮少女踉踉蹌蹌地進了房間。剛才敲門的應該是這個女孩。

「這裡是總團長室對吧～」

有個年齡相仿的櫻髮少女生龍活虎地跨著大步走進房間。

「失敬，打擾了。」

接著，有個樣似文靜的紫髮少女露面，然後簡單問候。

她們三個身上，都看不出獠牙、角或其他特徵。無徵種。

「…………呃，一等武官。」

費奧多爾決定對眼前的三個少女思考一番。

他轉頭觀察被甲族的臉色。

從十一號島過來的上等相當兵。

總不會就是這些人吧？費奧多爾在不言中用眼神質疑。

「正視現實吧。」

長官簡短地給了他最不想聽見的答覆。

「我有疑問。護翼軍什麼時候開始讓學生進來受職場訓練了？」

費奧多爾十七歲，和這些少女的年紀並沒有差多少。但是那碼歸那碼，這碼歸這碼。他將自己的年紀撇開不管，並將她們的模樣打量了一番。

「我說過，正視現實吧。」

「不不不。這幾位無論怎麼看都是大家閨秀。坦白講是不太好聽，但我們師團可是下流分子的巢窟耶！收容她們真的行嗎？」

「我說你啊，怎麼朝著最高負責人把這裡講成下流分子的巢窟。」

「您能否認嗎？」

緊接著，體鍛場那裡就傳來塔爾馬利特上兵的粗鄙吼聲了。假如到軍方土地外把同樣的話喊一遍，自警團八成會立刻衝過來，成串字眼在道德上都大有問題。

橙髮少女臉紅地低頭。

櫻髮少女一臉不解地偏頭。

紫髮少女表情奇妙地咯咯發笑。

「……看吧。這裡果然是下流分子的巢窟，對不對？」

費奧多爾不禁起了使壞的興致，揚起嘴角。

「唉，真受不了。」

一等武官服輸似的輕舉雙手。

「總之呢，傑斯曼四等武官。關於這項特殊任務，事到如今並沒有人要你出意見。你得負責監督這幾個上等相當兵已經是既定的事實，不容有異議。」

哎，應該也是。

這裡是軍隊。沒道理讓人從是否有可接受的說明來選擇要接的任務。

「我並沒有什麼異議啊。您願意將重要任務交付給像我這樣的年輕人，我覺得很榮幸。但至少請讓我確認幾件事情。

我是武官，這裡是軍隊，現在是非常時期。能做的事情有限。而高層到底要我對這些女孩監督些什麼？」

「沒什麼。」

「……咦？」

「這幾名上等相當兵會以士兵身分隸屬於此。關於平時的訓練及任務，基本上都比照其他士兵的待遇來辦。她們都已經在十一號懸浮島接受過基礎教練課程，因此那點小事用不著擔心。」

噢！——櫻髮少女活力十足地應聲。

「難得有客人，我也希望放她們自由自在地不要有拘束的感覺，但是無法這麼辦。當中有些因素。這幾個小姑娘隨時都要受軍官階級以上的軍人監督才行。必須安排名義上的長官。還有……」

被甲族用短短的指頭直直地向費奧多爾一指。

「巧的是正如你剛才說的。第五師團是下流分子的巢窟，單純將託管的重要人物擱置在此，我也會過意不去。

既然如此，負責監視的人選最好要擅於照顧他人，對第五師團掌握得鉅細靡遺，面對無徵種——先不論內心想法如何，都不會光憑自身情緒行事。而且，幸運的是，在第五師團這裡，恰好就有一名理想的四等武官完全符合剛才所提的條件。到此，你有沒有什麼疑問？」

「……沒有。」

感覺這是適切的評價。

畢竟費奧多爾．傑斯曼就是個大好人。

個性溫和，有良心。對任何人都親切，同時也有嚴厲之處。在許多方面表現傑出，卻不會因此驕傲。想法總是正面積極，懷有高遠目標，做事努力不懈。

至少他每天過活，都會留意要讓旁人有如此的觀感。

「哎，我倒不是沒有擔心的地方。你們種族相近，年齡也相近，而你是雄性，這些孩子則是雌性——只有這部分讓人略為在意。記得你是墮鬼族吧，發情期在什麼時候？」

「我才沒有那樣的時期。」

這位大叔當著女孩子面前問什麼鬼話啊。

「這樣啊。無妨，只要雙方彼此同意，要做什麼我都管不著。何況時期敏感，不守分寸會影響到全體的士氣——」

「我不會做那種事。」

費奧多爾打斷一等武官說到一半的話，並且斬釘截鐵地回答。隨後，他察覺到少女們的目光。把話說得太強硬，或許會造成負面印象。

「啊～我覺得她們幾個都很有魅力喔。不過呢，其實我必須對未婚妻守貞，我的心意是不會飄到其他女性身上的。」

至少這並非謊話。費爾多爾有家裡為他找好的未婚妻。

（——雖然說，我再也見不到對方就是了。）

他將內心的嘀咕藏在自己擅長的笑容後頭。

「是嗎。頭一次聽說你有對象。」

「這又不是什麼值得宣揚的事。先不管那個了，一等武官。」

「怎樣？」

「剛才您不是說有『四員上等相等兵』？」

「我有說。」

費奧多爾確認過一等武官點頭以後，才轉向那些女孩。
看似害羞地紅著臉的橙髮女孩。
不知為何自豪地挺起胸脯的櫻髮女孩。
感覺似乎在尋開心地看著這邊的紫髮女孩。
「……可是她們似乎只有三個人啊。」
「請……請問我能不能發言！」
橙髮女孩似乎鼓起了勇氣，毅然決然地出聲舉手。
「喔，怎麼啦？」
「那個，關於不在這裡的緹亞忒・席巴・伊格納雷歐上等相當兵。」
名字還真長，費奧多爾心想。
「呃，她身體不舒服，目前稍微遲到了，但她馬上就會……」
儘管動作含蓄，橙髮女孩仍一邊比手劃腳地說明，一邊拚命強調，設法袒護朋友。
「啊，是嗎。那沒關係。」
相對地，一等武官的回答則是如此隨意。
在護翼軍率領的六個師團中，第五師團被評為最鬆散隨便又馬虎草率的部隊。不知道是因為領導者性格如此才造成這樣的結果，還是因為師團習氣如此才派了這種領導者，其中的因果順序不得而知，再說也不重要。

「反正今天接下來也沒有安排做什麼事，只要往後注意別在重要關頭遲到，就算不上大問題——」

原本半開著的門，像是被人踹了一腳似的打開了。

「對……對不起，我遲到了！緹亞忒上等相當兵來報到了！」

她八成是個不懂得看時機的女孩吧，費奧多爾心想。

闖進房裡的，是個依舊和另外三人屬於同年齡層，有著青草色頭髮的女孩子。她大概是全力跑過來的，臉色通紅，上氣不接下氣。

（啊～……）

費奧多爾隱約有料到事情會演變成這樣。因此他心裡並沒有多訝異。

對方是日前在廢棄劇場上頭遇見的那個女孩。

由於遲到的關係，少女應該是急著想將狀況弄清楚吧，她的大眼睛慌慌忙忙地掃過整個房間。

「——奇……奇怪？」

她面對面地認出費奧多爾的模樣以後，動作便停住了。

「你怎麼……會在這裡？」

「啊～……」

真不曉得之前是誰要求把她忘掉的喔。情非得已，費奧多爾照著少女當時理應希望的方式，率先做了回應。

「小姐們，初次見面。請容我做個晚來的自我介紹，我是費奧多爾．傑斯曼四等武官。方才我接下了在第五師團帶領及監督妳們的職務。」

費奧多爾手湊胸口，然後敬禮。他露出體面的笑容，爽朗地說道：

「我想妳們也都知情，第五師團目前處於較特殊的迎戰態勢。即使幾位是來自第二師團的精銳人員，也會有許多困惑之處才對，有問題請儘管跟我商量。身為長官，我會盡力相助。」

「是……是是是的！」橙髮女孩咬到舌頭了。「請都子教！」

「噢……」櫻髮女孩似乎有所感嘆。「這就是花花公子的笑容……」

「請您多指教，四等武官。」紫髮女孩露出賊笑。「我們相處的時間肯定不會短才對。」

接著，第四個進來的那個綠髮少女。

昨天在費奧多爾眼前，屁股滑了一下，用儲水槽表演過跳水花招的那個女孩。

「初……初初……初次見面……」

跟不上狀況的她慌得眼睛稍微亂轉，即使如此，她還是設法配合了費奧多爾的演技。

「請多……指教。」

3. 少女們

在整支第五師團之間，緊張感逐漸擴散開來。

決戰的日子近了。

按照觀測班的報告，這陣子三十九號懸浮島的〈第十一獸〉似乎沒有算得上動作的動作。因此，計畫並無變更。第一次攻擊作戰會在今天起的三個月後毅然實行。

每個人的話都在慢慢減少。士氣實在稱不上高昂。潮濕畏戰的空氣像疾病一樣地蔓延開來。

接下來這些人要挑戰的對象，是五年前只會出現在地表的〈獸〉。交戰記錄形同於無。什麼樣的攻擊會管用？目前敵人的行動半徑，射程有多遠？連諸如此類的情資，他們都全然不知。

順帶一提，雖然護翼軍宣稱對付及驅逐〈獸〉是他們的重要使命，基本上要提到有多少士兵實際與〈獸〉對壘過，又幾乎沒半個人有經驗。

五年前，跟〈第五獸〉以及〈第十一獸〉交戰過的人全都陣亡了。混亂到極點的戰鬥記錄內容支離破碎，再怎麼解讀頂多也只能看懂「根本拿敵人沒辦法」這一點。

至於更久以前的記錄，也同樣不可靠。

超過五年前，只有飄上天的〈第六獸〉會來襲的時代，都是由坐擁謎樣祕密武器（由於是祕密武器所以詳情不明）的第二師團負責對付它們。主要以頑強爬蟲族（Reptrace）編制而成的砲兵隊，他們就有實際與〈獸〉交戰的經驗。而且除了他們以外，一直沒有人能跟那種經驗沾上邊，乃至今日。

因此，所有人難免會不安。

一想到滅亡正逐漸逼近，實在無法保持像平時那樣。

〈沉滯的第十一獸〉是什麼樣的〈獸〉？

對於它的真面目和擊破方法，外界固然一無所知，不過關於其外表或具體造成的威脅性質，要多少資料都有。

它是塊剔透的黑水晶。

當然，那並非單純的黑水晶。值得一提的部分有兩點。第一點是「它會與接觸到的物體同化然後變大」。第二點則是「它會吸收衝擊並促進同化」。

說穿了，只要不接觸就沒有威脅。

即使遇上它，只要保持足夠的距離就沒有什麼危險。

棘手的是，沒有手段能將它摧毀。即使它原先是塊小小的個體，也會一邊吸納周圍的物體，一邊確實持續增長。變大以後就會接觸到更多新東西，然後緩緩地予以吞噬。拿劍劈就吞劍，用砲彈轟就吞砲彈，吞了以後又會變得更大。它似乎無法跟沙子或岩石同化，這是目前所知的唯一弱點。

基本上同化的速度偏慢。比方說，接觸水晶的獸人要被吞納全身得花一天以上。這段期間只要切斷手臂或者用任何方式做切割，要活著逃離是大有可能的。不過，要是慌張過頭而動手捶打水晶，同化的狀況將一舉惡化，應該在轉瞬間就會變成吭不了聲的水晶像。

（——真悠哉。）

費奧多爾不表現在臉上，也不出聲，只是偷偷地瞧不起自己的同袍。

到現在這種時候才開始害怕，表示那些人什麼都不懂。在親眼目睹那塊〈第十一獸〉以前，他們肯定連想像都沒有想過，自己會有面臨滅亡的一天。

這個世界一直都與滅亡相鄰。

無論何時滅亡都不奇怪，自己這些人就是在薄冰上活到了今天。

假如他們對此不是單純從字面上來理解，而是當成現實來實際體會，現在根本不可能像那樣畏首畏尾。

†

那麼。

從四名少女抵達後，過了幾天。

費奧多爾在立場上是她們幾個的長官，卻真的無事可做。只有第一天帶她們簡單參觀過軍事用地，到幾個名人面前亮相，這樣而已。

費奧多爾並非教官，沒有義務在場看她們訓練。

而且，不需要他多幫些什麼，少女們都自己在第五師團裡逐漸混熟了。

「……哎，我倒是樂得輕鬆啦。」

費奧多爾在營房樓頂茫茫然地望著景色。

原則上來講，用為軍事基地的土地都會設計得視野不良。假如一眼望去就能輕易掌握地形，在戰鬥中就太過吃鱉了。但因為如此，以生活空間來說並沒有多舒適。

他拿起灑上砂糖的炸麵包，啃了一口。

「我聽說嘍。你有未婚妻啊？」

忽然間，有人從費奧多爾背後搭話。

「你在說什麼？」

「又來了。據說你不是在一等武官面前談到了感情事嗎？」

在一等武官面前。喔，這表示，是前些日子那件事。

「我本來以為自己跟你交情還算不錯，卻頭一次聽說有這檔事。對方是我認識的女孩嗎？」

身為鷹翼族(Falcon)的納克斯．賽爾卓上兵鼓翅翔空，降落在費奧多爾身後。

由於階級有異，平時納克斯姑且會對費奧多爾用敬語（雖然講得相當隨便）。不過，在這種別無其他人的地方，曾為一般兵室友的兩人就會像以往那樣，用對等的語氣講話。

「與其說有，不如說是『曾經有』。那檔婚事早在很久以前，就跟我的老家一塊兒消失了。」

費奧多爾確認過周遭沒人，然後拿下了眼鏡。

當乖戾眼神藏在那層鏡片底下時，費奧多爾會一直扮演優秀的模範生。他逼自己養成這種習慣，以免一不小心就讓本性穿幫。

因此，要毫無掩飾地講話時，費奧多爾就會像這樣把眼鏡摘掉。

「消失了？」

「我只是為了方便才提到自己有未婚妻。你見過那四個女孩了吧，因為我們是年齡相近的無徵種，一等武官就在瞎操心。他怕我會染指那幾個女孩。」

「是喔。哎，也對啦。那確實是不能忽視的問題。」

具發情期的種族有何煩惱，無發情期的種族不會明白。相反地，無發情期的種族有何煩惱，具發情期的種族也不會明白。儘管類似的句型在什麼事情上都說得通，但這就是麻煩的現實。

實際上，具發情期的獸人族大多有著強烈的貞操觀念。嚴厲管束與適齡期異性接近或碰觸的觀念，在他們的文化中根深蒂固。要提到為什麼，原因在於獸人每年都會有幾次理性與本能嚴重失調的時期。

而且，獸人數量眾多。世上大部分的規則，都是以多數人為準才訂定出來的。

「原來如此，既然不是謊話，就算一等武官要跟你對質也不成問題，再說那也符合你誠實的外表。不愧是墮鬼族，連用小把戲唬人都得心應手。」

「你講得很難聽耶。這是為了讓對話順暢的一點小工夫啦。」

費奧多爾聳了聳肩，戲謔似的回答。

「所以呢，實際上怎麼樣，那些女孩看起來感覺都滿孩子氣，不過難得有女孩子當部下。你有打算偷偷染指她們嗎？」

「呃，沒道理吧。」

費奧多爾隨口應付掉納克斯那句像在逗弄人的話。

「她們全是無徵種喔，不太合我的喜好。」

「欸欸欸，費爾，你現在馬上去照個鏡子好嗎？」

「像這種時候，本身是什麼種族都無所謂啦。我喜歡有著軟綿綿白色毛皮的貓徵族（Ayranthropos）。最好是耳朵像這樣豎起來的女孩子。至於沒有毛皮的女孩嘛，就算看了覺得可愛，要我有更進一步的打算還是有點難。」

不妙耶，這傢伙病得不淺——如此心想的納克斯仰望天空。

「原來如此……哎，無聊歸無聊，但我明白你想表達的了。」

「無聊是什麼意思？」

「費爾，你那模範生的模樣差不多讓人看膩了。要是你能鬧個緋聞，大家就可以拿來當笑柄啊。」

「別把工作當娛樂啦。」

「誰教我表面上扮的是不正經的軍人呢。哎，事到如今扯這些也沒用。」

納克斯忽然壓低語氣，收斂音量問道：

「正事辦得怎麼樣了，沒有因為照顧那些女孩而變得綁手綁腳吧？」

「不要緊，幾乎沒有影響。頂多時間被占去一些，稍微拘束點而已。要是有什麼問題，到時候我再跟你聯絡。」

「了解。別太逞強喔，就算不逞強，你還是拙於拜託別人。」

「我會小心啦。」

納克斯留下振翅離去的聲音，消失蹤影。

†

那麼，要提到話題中那四個人的日常生活是怎麼一回事。

跟周遭環境混得最熟的，是那個亂有精神的櫻髮少女。

「喝呀～！」

她的名字似乎叫可蓉·琳·布爾加特里歐（好長），每天一到自由時間，就會往拳鬥室跑。照她所說，她平時生活的地方，已經沒有人可以好好地陪她對練了。

費奧多爾覺得很奇怪，就問道：妳不是隸屬於強者雲集的第二師團嗎？於是乎，可蓉給了回答：「錯了。」「我是住在破舊而又溫暖的大家庭。」感覺有點莫名其妙。

這姑且不提，對於可蓉的到來，尤其高興的是波翠克和塔爾馬利特兩名上等兵。

他們倆都是魁梧的獸人，是從徒手作戰感受到逸趣的同道中人。

雖然這兩個人感情並不好，總會藉故互毆，不過他們能全力互毆的對手只有彼此，這大概也是背後因素吧。費奧多爾在實力方面並非無法奉陪，但他的戰鬥方式終究屬於旁門左道，無法正面回應兩人想堂堂正正地格鬥的期待。

而闖進這種局面的，就是可蓉。

她完全不怕兩人魁梧的體格，還表示：「讓我們以拳會友吧！」而且實際上她面對兩人，也都可以打得平分秋色。

「她用那瘦弱的手腳，對付體格差距這麼大的我，還能漂亮地鎖住我的關節與動脈，」對於最初那一戰時發生過的事，日後波翠克是這麼說的。

「話雖如此，就算純粹用拳頭互毆，她的力氣也完全不輸給我們倆。恐怕是用了魔力法……能將難以操控的那種技術用得像手腳般靈活，同樣是值得讚賞的一點。為了導引招式而使勁，為了發揮氣勁而卸招，一連串的動作簡直就是藝術。」

他談得莫名起勁，最後還補了這麼一句。

「我想都沒想過，自己到這把年紀，居然還會迷上年紀跟女兒一樣的異族姑娘。」

隔著狼身上的硬毛，似乎也能看出他的臉變得有點紅。

哦，這樣啊——費奧多爾隨口回答。

對方可是無徵種耶。品味真糟糕。

跟周遭環境混得第二熟的，是態度一直都怯生生的橙髮少女。

「好厲害喔，這裡的烤爐真的好厲害！」

她名叫菈琪旭‧尼克思‧瑟尼歐里斯（還是很長），這女孩不時就會到餐廳露臉，幫廚房那些員工的忙。

菈琪旭似乎對這座城鎮以獨家技術製作的烹飪器材很中意，每次碰面，都會聽到她興高采烈地報告自己學會了新菜色；真希望我們倉庫（這好像是她們過去所住的地方的名稱）也有那種廚具之類的事情。

這女孩不像個軍人，費奧多爾心想。

接著他想到，嚴格來講她們並不是軍人。上等相當兵。地位相當於上等兵，卻不是軍人的人。

「她既乖巧又勤快，真是個好孩子。」

「要是她有長一丁點的角或獠牙，我都想替家裡兒子討來當媳婦了。」

菈琪旭幹活的模樣，在廚房阿姨們之間似乎也頗具好評。

早說過了，對方可是無徵種耶。講那種話以前，也要問問令郎的意見啦。

「嗯。」

紫髮少女……呃，潘麗寶‧諾可‧卡黛娜這女孩，則讓人搞不太懂。

每到自由時間，她都會晃晃悠悠地消失蹤影。

然後，到了點名的時間，潘麗寶就會一臉若無其事地跟眾人會合。其舉動就像「神出鬼沒」這個詞的活範本。有種被妖精或什麼玩意兒施了戲法迷惑的感覺。

在軍方基地內，姑且還是有許多目擊到潘麗寶的情報，因此似乎並沒有擅自離營之類的情事發生。倒不如說，要是出了那種事，對負責監督的費奧多爾而言就是必須究責的問題。當然，當她人在基地內也不知去向時，就已經是個大問題了。

「你根本就沒有把我看丟啊。」

有一次，費奧多爾曾訓斥要潘麗寶別擅自亂跑，她就自信地笑著這麼回答。

「基本上，你敢說自己真的用眼睛看著我嗎，難道你對自己的眼睛信任到那種地步？」

費奧多爾不懂她在說什麼。妙齡女孩真是難理解。

對對對，無徵種就是這樣的一群。莫名其妙才是正常的。

一想到潘麗寶的事，費奧多爾便像這樣感到安心。

還有最後一個人。

關於緹亞忒．席巴．伊格納雷歐這名少女。

†

萊耶爾市內，前些時候來過的廢棄劇場樓頂。

門一推開，已經有客人先到了。

「——受監督的士兵擅自離營，是違反軍規的啦。」

費奧多爾將裝著甜甜圈的袋子重新挾在腋下，然後在那名先到的客人旁邊坐了下來。

一如往例，外出中的費奧多爾沒有戴眼鏡。既沒有表現出模範生的演技，用詞也不會客氣。可以的話，他並不想在這種狀態下跟認識的人交談——不過事到如今，在這個少女面前隱藏真面目也沒有用，亦屬不爭的事實。

「你不覺得只要沒穿幫就好嗎？」

「沒穿幫的話啦。所以說，當妳被我發現時就已經不行了。」

「放我一馬又不會怎樣。小氣。」

「小氣就小氣。器量狹小地執行規則的人使社會安定，豁達地打破規則的人令社會變動。重點只在兩者的均衡與角色分配罷了。」

「費奧多爾，我從初次見面時就在想，明明你基本上是個好人，卻挺壞心的耶。」

「我會當成自己受到了稱讚。」

「……你那種部分跟威廉很像，性質卻剛好相反。」

緹亞忒嘀咕。有陌生的名字冒了出來。

「妳說的是誰？」

「是我個人的事情，別在意。你拿的那些，分我一個。」

緹亞忒將左手伸過來。她勾了勾手指，像是要引誘什麼。

「妳對自己處於挨罵的立場有沒有自覺？」

「算有啦。不過，有人在旁邊吃得一副津津有味的樣子，難免會好奇啊。」

「我懂妳的心情就是了。不保證合胃口喔。」

種族有別，味覺就有別。即使彼此同屬無徵種，也不保證對一樣的東西都能感到美味。

「不吃吃看也不曉得吧。」

「拿去。」

「嗯。」

費奧多爾拿了一個甜甜圈，放到對方手上。

他們倆一塊啃起剛炸好的那玩意兒。

「——好吃耶！」

「噢。」

費奧多爾認為難得有這種鮮事。

尤其在吃這方面，以往他身邊一直沒有品味合得來的人。他忍不住坦然地表示驚訝，並且探身向前。

「這家店的東西種類不多，不過光是油炸類的就夠好吃了，對吧。跟那種只是添增砂糖來迎合多種族口味的東西不一樣，該怎麼說呢，感覺有發揮出某種風味。」

眼鏡摘掉以後，費奧多爾在這種時候講話就不靈光。然而他想講的意思似乎有傳達到，緹亞忒點了好幾次頭表示「對對對」。

費奧多爾越發痛快地說：

「還有啊，要是把這泡進牛奶裡，會好吃到讓腦海變得一片空白。」

唔——緹亞忒噎著了。

她捶了好幾次胸口。

吸氣吐氣，吸氣吐氣，調整完呼吸以後。

「……你今天沒帶來嗎？」

「帶什麼？」

「牛奶。」

「別強人所難啦。光是捧著這個袋子爬到這裡，就滿吃力了耶。」

「享用美味的東西當然需要吃苦頭啊。」

「不要亂編道理耍任性。」

「不行嗎。」

緹亞忒嚼呀嚼地把剩下的甜甜圈納入胃袋。

然後，她伸出左手要了第二個。

今天的雲朵多了些。

三十九號懸浮島的蹤影，連個影子都看不見。

眼裡看不見任何危險，平靜的天空。

「——妳們幾個是什麼人？」

費奧多爾問道。

「咦，什麼意思？」

「就是字面上的意思。未免太意味不明了。軍方居然不惜搬出相當兵制度這種莫名其妙的規定，也要讓妳們當不是軍人的軍人。從外表看來，除了身為無徵種以外，妳們只是普通的女孩子。可是，妳們混在其他士兵裡，照樣能應付訓練課程。照理講新兵都會在最初兩個月操到邊吐邊打滾，妳們卻從第一天就可以安然度過。

要問到是不是在第二師團受過訓練，似乎又不是那麼回事。」

「啊～……」

緹亞忒帶著窘於回答的表情搔了搔臉。

「就算光看可蓉一個人，很明顯就是不對勁。以妳們的年紀能操控魔力法，還熟練到直接將其活用於戰鬥，根本不是尋常人可以辦到的。」

費奧多爾在軍官晉昇考試時熟讀的教本中，就有寫到魔力(Venenom)是什麼東西。因此他本身固然不會使用，也還是知道個大概。

那是可以將世界的樣貌強行扭曲的力量。

據說將離開人世者，亦即生命力越虛弱者，更能催發出猛烈的能量，更能行使強大的魔力。然而正因如此，持續使用那種力量，也就等於在拋棄自己的生命力。

那絕不是有前途的年輕人為貪圖方便，就能隨意動用的力量才對。更別說要熟練到在戰場上正常運用。

「我們幾個不尋常嗎？」

「是啊。」

「要不然，尋常是什麼樣子，像你這樣嗎？」

這個嘛，呃，倒不是那麼回事。

「不是像我這樣。應該說，軍中所有人都不算尋常。之前妳們住的地方沒有其他人嗎？」

「啊～……目前就只有我們，跟一個食人鬼……」

「那還真是不得了！」

食人鬼。如字面所述，會吃人的鬼。

據說食人鬼在古時候是以人族為主食，然而千幸萬幸的是人族滅亡了，因此在不得已之下，他們為了避免挑食只好矯正生活習慣。

換句話說，基本上他們會吃任何人。

食人鬼雖是少數種族，但費奧多爾也認識一個。那傢伙身為無徵種亦不例外，是個人格有毛病者。費奧多爾根本不會想跟對方一起生活。那好比把狼與羊養在同一道柵欄裡。

「和食人鬼共生……謎團越來越多了……」

「我們幾個有那麼難以理解嗎？」

這女孩似乎說了什麼缺乏自覺的話。

「呃，我當然知道我們有別於其他人，對此我也有自覺。不過每個人都會有自己的隱情，這本來就很正常，不是嗎？」

「會用那種有所領悟的口氣講話的，大多都是異常分子。」

「是那樣嗎？」

她對他歪頭。

「即使問一等武官，他也不肯透露關於妳們的詳細背景。明明我已經成了妳們的直屬長官。

簡直像妳們幾個的存在本身就是機密似的——」

「——既然如此，那不就是正確答案嗎？」

「哪有可能那麼離譜。」

像是為了打斷他們的話題，可以感覺到有某種冷冷的東西落在臉上。

用指尖一抹。是雨滴。

從遠方某處傳來了雷聲隆隆的聲響。

「……似乎要下雨了。我們差不多該回營了吧。」

費奧多爾想了一會兒以後，點頭回答：「好。」

先不管是否真的是機密，目前，緹亞忒並沒有意願談自己的事情。就算硬要問，話題也不會有好的發展。

假如想知道那些，非得改變獲取知識的方式才行。

「下次在這裡見面時，我們再繼續談吧。」

「我說過了，這樣違反軍規。我才不會跟妳約定。」

「什麼嘛，真沒意思……呼。」

當他們說這些時，雨勢仍慢慢地變強。

「得趕在淋成落湯雞以前回去呢。」

緹亞忒露出女性藏著祕密時特有的嫵媚笑容，正準備起身。

她的屁股滑了一下。

「啊。」

「咦？」

噗通——水聲響亮，水柱之勢也不遜色。

4. 傳聞中的四人

「……有件差事，不知道能不能麻煩你？」

費奧多爾在一旁樹上找到摸魚不做訓練的納克斯上等兵，然後朝他搭話。

「我正在午睡～」

懶散無比的回話聲傳來。

「鷹翼族的肌肉不適合長跑啦。倒不如說，跑步這件事本身就不適合我們。真的超累。不是鬧著玩的。」

納克斯晃了晃雙腿。

這並非士兵在軍官面前該有的態度。原本在這種場面或許該怒罵對方不知好歹。然而，這個鷹翼族是費奧多爾為數不多的朋友之一。他不希望連彼此獨處時都計較這種小事。

「所以嘍，為了從之後的訓練活下來，我正在專心休息。有事之後再說吧，四等武官大人。」

「呃，不是那麼回事。我想委託身為地下情報販的你。」

「……哦？」

納克斯原本好生無聊的臉上，頓時擠出笑容。

「費爾，你好久沒光顧了。行，你想知道什麼？總團長室的金庫密碼；哈爾奇納西歐三等武官愛用的髮雕品牌；明天公共餐廳會端出的點心；還是說，你想知道自己在意的女孩內褲穿什麼顏色？」

「都不是啦。我希望你調查之前那四個人的底細。」

「什麼嘛，要我查內褲啊。」

「跟你說過不是了。那幾個女孩是部下，我沒用那種眼光看她們。」

「那我曉得啦。要不然，你是想調查什麼？」

「早說過了，查底細。準備與〈獸〉交戰的前夕，過去都在跟〈獸〉戰鬥的第二師團派兵來此。看外表還以為只是普通女孩，戰鬥能力卻似乎格外地高。既然如此，她們幾個或許是配合這次作戰派來的援軍，會成為強大的戰力……我是這樣想啦。但即使如此，我還是不明白為什麼高層要特地隱瞞那一點。」

納克斯「嗯嗯」地應聲，並且催促費奧多爾繼續說下去。

「基本上，連相當於直屬長官的我，都只有獲命對她們進行內容單純，而且徒具表面的管理耶。這表示在實際作戰之際，她們都不會依我的指揮行動。不是從其他地方派別的指揮官過來，就是讓她們在自己的判斷下行動，情況肯定會變成這兩者之一。」

「嗯嗯？」

「就算不是那樣，作戰仍茲事體大。有不確定要素混入其中，在各方面都會造成困擾。我想確認當中的隱情。」

「了解。二師那裡門道比較少，但我還是去探探。」

納克斯說完便張開翅膀。在風吹拂下，樹葉飛舞於四周，

「啊，對了。關於那件事，好像有憲兵在打探了喔。」

「咦？」

「話雖如此，憲兵那邊既沒有證據，也沒有掌握到具體情資。頂多被他們察覺到背後有鬼而已。雖然還構不成什麼威脅，姑且還是要小心。看在你是老主顧的份上，這條消息算送你的。」

「嗯……」費奧多爾一邊思索片刻，一邊點頭回答：「謝謝，我會注意。」

†

「費奧多爾～！」

在營房走廊上，費奧多爾感覺到有人呼喚他的名字。

下一瞬間，有某種溫暖柔軟的東西纏住了他的全身。

再下一個瞬間，他的痛點被按壓，關節被拉開，動脈被勒住，換句話說，就是被人用了不清楚是何名堂的擒拿招數（又勒又痛的複合招數）。

「痛痛痛痛！欸，等……等一下會痛會痛會痛會痛啦！」

費奧多爾想掙脫，身體卻動不了。

那跟被人用蠻力制伏有根本上的差異，感覺像從體內直接被木樁固定住。技巧之巧妙雖令人佩服，不過更要緊的是他痛得什麼都無法思考，坦白講，這真的真的真的非常痛。

「怎麼樣～你認輸了嗎！」

從脖子後面，呼氣幾乎可以吹到耳朵上的貼身距離，傳來了可蓉的聲音。

「認輸，我認輸了，但我覺得妳用偷襲的不對！」

「戰士要抱持隨時處於戰場的心態，錯在鬆懈的人身上！」

「路上隨機行凶也不能用那樣的說詞開脫啊……等等，痛痛痛痛痛！」

手臂被扭住，關節遭到反扣。呃，不行了。肩膀動不了。要倒下來將對方往地板砸嗎？不，沒有用。考慮到本身關節所受的傷害，力道並不會多強。

「呀啊啊啊啊啊！」

尖叫聲傳來。

可以看見菈琪旭正匆匆忙忙地快步趕來。一小陣風揚起，貼在牆上的「請勿奔跑」注意標示搖搖欲墜。

「可蓉，妳在做什麼！不可以那樣啦！」

「菈琪旭小姐，妳來得正好！拜託妳多講幾句，我快撐不住了痛痛痛痛痛。」

「沒事的，威廉被這樣弄也不會倒下。」

……似曾相識的名字。痛痛痛。

「費奧多爾先生跟威廉先生不一樣啦！」

「唔。」

可蓉心有不滿似的咕噥，然後稍微放鬆了右手。

原本被扳得死死的肩膀鬆開些許。手臂趁隙扭動，被可蓉用手腳制住的全身要處略為錯開。疼痛奇蹟似的消失，全身取回自由。

接著，費奧多爾忽然意識到。

可蓉的身體相當溫暖，而且柔軟。甚至讓腦子反射性地冒出想永遠保持這樣的邪念。

「夠了，妳下去。」

「哇呀。」

趁著奇怪的念頭還沒有擴大，先將人甩開。

「對不起對不起！」

菈琪旭點頭如搗蒜，飛快地代替毫不愧疚的可蓉賠罪，

「呃，可蓉從以前就是這樣子，她完全沒有惡意，只是對於跟自己變得要好的人，她就會做出那樣的事情，她並不是壞孩子，我是說真的，其實她真的是個好孩子。」

「我明白啦，不要緊不要緊。」

只要可蓉有一絲絲惡意或殺氣，這條手臂大概早就斷了。

「這……這樣啊。太好了。」

菈琪旭捂了捂單薄的胸膛。

「太好了耶！」

「不要講得像別人家的事一樣！妳以為我們是在說誰啊！」

菈琪旭對開心地哈哈大笑的可蓉用軟拳亂捶。

「菈琪旭小姐，妳好為朋友著想。」

「咦？」

「這是件好事啊。有妳這樣的女孩在身邊，可蓉和其他兩個人都很幸福。」

「哪……哪有……呃，我只是……」

「噢，我很幸福喔！」

「高……高興歸高興啦，不過妳自己也要懂事點嘛！」

還真是溫馨，費奧多爾心想。

雖然無徵種不合他喜好，即使如此，看到女孩子相親相愛，心裡還是會暖洋洋的。以感覺來說……對，他想到了。好比看到養來當寵物的小狗狗在籠子裡嬉戲時，內心那種難以言喻的溫暖感覺。

費奧多爾重新看向可蓉。嘻嘻——她露出牙齒開心似的笑著。

無論怎麼看，她的體格都極為普通……不對，應該歸類成弱不禁風的女孩子。

手腳偏細，看起來不像有多少肌肉。跟獸人比自然不用說，好歹身為男兒身的費奧多爾應該都比她還要有力氣。可是，他卻在一瞬間就被制伏，之後更是名符其實地連根汗毛都動不了。

「欸，費奧多爾。你對付我沒辦法出全力嗎？」

「咦？」

「波翠克有說過，你非常厲害耶。可是，你剛才一點都沒有展現出厲害的地方。」

「……啊～」

原來如此，是這麼回事啊。

「我不認為自己弱，可是也絕對算不上厲害。該怎麼說好呢，我不過是懂得一些只對波翠克上等兵那種高手管用的特殊戰法罷了。」

這有一半左右是假話。

費奧多爾對自己的身手有自信。這並非單指唬人的虛招而已。諸如爆發力、判斷力、身法，凡是「打鬥所需的能力」他都鍛鍊有素。不過，費奧多爾無意向他人揭露這一點。他希望盡量多藏一些真本事。

「不，等等。你那套說詞怪怪的耶。」

可蓉責怪似的用掌心直直地向著費奧多爾。

「我也厲害得不輸波翠克喔。可是你能對付他，卻不能對付我嗎？」

「你們是強在不同方面啊。對於那部分，我也不太會說明就是了。」

唔嗯唔唔唔——可蓉貌似無法接受地發出咕噥。

「——對了，妳們剛才有提到『威廉』這名字，他是哪一位啊？」

費奧多爾一邊吱吱嘎嘎地舒展關節，一邊用自然的口氣試著問道。

畢竟是出現過好幾次的名字，應該不屬於機密吧……如此心想的費奧多爾拋出了話題，然而正如他所料，菈琪旭一邊慎選用詞，一邊告訴他：

「呃……那個，我想你應該知情，我們幾個時時都必須受到軍方大人物的管理才可以。」

「時時」這一點是初次耳聞。

不過，並沒有意外到讓人吃驚的地步。

「雖然說只要階級在軍官以上，由誰來監督都可以，不過，這種像保姆一樣的工作，樂於擔任的軍人到底還是不多。大家都會一下子就辭職，然後離開。

而威廉先生，是五年前在那種情況下來到我們倉庫的軍人之一。

他是個很偉大的技官……就像我們所有人的爸爸一樣。」

啊——原來如此。費奧多爾理解了。

換句話說，緹亞忒與可蓉會提到那個名字，就是把目前位於相同立場的費奧多爾‧傑斯曼拿來跟她們最喜歡的父親比了嗎？

「我看起來，有老到可以跟妳們的父親相比嗎？」

「並不是那樣的……啊，不過。」

菈琪旭再三窺探費奧多爾的臉色。

「你的年紀，或許跟當時的威廉先生差不多。」

真的假的？費奧多爾感到愕然。

對方跟十七歲的自己年紀相差無幾，還可以讓十五歲左右的女孩當成父親仰慕，要多老成才能到達那種境界啊！對年輕有所自覺的費奧多爾實在無法想像。

他對那位連長相都沒看過，只曉得名字叫威廉的技官起了一絲絲敬意。

這是訓練結束後，在到處有聲音吼來吼去的餐廳所發生的事。

†

「你那邊的新進人員全是好女孩耶，特別是菈琪旭小妹。」

坐在旁邊位子的同屆四等武官——名字雖然忘了，但他是蛇尾族（Ophidianthropos）——對費奧多爾如此說道。

「畢竟這裡是軍隊，再說出擊的日子將近，這陣子大家都神經緊繃不是嗎。有個像那樣對任何人都坦率溫柔的女孩在，相當能療癒人心。」

「不不不，要說到費爾小弟那邊的新進人員，可蓉也不遜色喔。」

坐在對面位子的黑甲徵族三等武官——名字同樣忘了——插嘴說道。

「能驅趕恐懼的是勇氣。她那種開朗無比的特質，讓差點淪為怯懦的士兵們重新振作了起來。假如她不是客兵，我都想挖來自己部隊啦。」

「咦～菈琪旭小妹比較可愛吧？」

「哼，奮戰到最後一刻需要的不是可愛，而是勇氣。」

「什麼嘛，開口閉口都是勇氣。你乾脆跟勇氣結婚算了。」

「我老婆跑掉前跟你講了一樣的話。」

「……是我失禮了。」

氣氛變得有些尷尬。

費奧多爾發現，自己正受到他們倆注目。他們似乎想聽話題中那兩個女孩的直屬長官發表些意見。

「啊～」

基本上這裡的伙食不太好吃。為了提供讓各色種族（味覺各有不同）的士兵最起碼都能下嚥的菜色，調味方面一貫保持著單調無味。儘管桌上放了大瓶的辛香料要眾人照喜好各取所需，出菜後才添佐料還是有其極限，很快就會膩。

而在灰色的用餐時間，還碰到沒什麼意思的話題。實在敬謝不敏。

「話是那麼說啦，她們幾個全是無徵種耶。」

費奧多爾露出有五分真心的困惑臉色這麼回答。

蛇尾族與黑甲徵族一頭霧水地望了彼此的臉。

「……這麼說來，我記得傑斯曼四等武官討厭無徵種。」

「唔。因為你做人面面俱到的關係，我都忘了有這回事。」

兩人意外似的說。

面面俱到。哎，雖然費奧多爾對此有自覺。

「但就算那樣，你並不是會以種族為由而蒙蔽了眼睛的愚昧之輩才對。那幾個女孩都是優秀人才，這你總不會否認吧？」

「是啊是啊。你也認同她們是好女孩吧？」

被左右夾攻的兩人這麼一說，費奧多爾厭煩地思考。

哎，確實是那樣啦。

感覺她們每天都拚了命地活著。感覺她們莽撞得令人操心。面對或許會喪命的戰鬥，不知道是遲鈍或膽量過人，她們都具備不改平常心的精神力。

那一切特質即使讓討厭無徵種的費奧多爾來看，也會有好感。關於那點，他實在否認不了。因此……

「……那我倒是認同啦。」

他小聲地認輸了。

左右兩人露出得意洋洋的賊笑。

「所以呢，你身為同系種族的男生，偏好哪一邊，文靜的嗎？」

「哼，男人身邊想要的，是在名為人生的戰場上一同馳騁的戰友啦！」

呃，我說啊。明明就是討厭一整個種族，為什麼話題會扯到那裡？

「嗯～哎，無妨吧？」

談到這件事，一等武官便興味索然似的如此回答。

「小老弟，我明白你討厭無徵種，也沒有意思責怪你。甚至可以進一步告訴你，我相信你並不是陶醉於『自己對無徵種反感』的自戀狂。所以說，你不必抱著奇怪的矜持，有意見時儘管說出來就行了。反正你年輕啊。」

這個看不出幹勁的被甲族，偶爾會擺出年長者的臉孔。

「我完全有同感！」

波翠克上等兵不知道從哪裡聽到這件事，開心地笑得獠牙都露了出來。

「不愧是四等武官，果然明事理！光是年幼孩子們的純真笑容，就值得我們赴湯蹈火了！」

費奧多爾實在不想把話說得像他那麼誇張。

每天拚命裝出來的模範生面具對波翠克不管用，感覺倒有點落寞。

還有，假如年紀約莫十五六歲的她們可以算年幼，跟她們頂多只差兩三歲的費奧多爾．傑斯曼四等武官應該也不算多年長，不知道波翠克心裡對這部分是怎麼區分的？

……費奧多爾並不想知道答案，便不予確認了。

「好的無徵種不存在。」

貓徵族老兵，塔爾馬利特上兵沒好氣地如此回答。

「但是，那些女孩的靈魂中都長著尾巴。對此我不得不承認。」

講到最後來這一套啊？

結果你也對那些女孩招架不住？明明彼此身處討厭無徵種的同一陣線，本來還有所期待的。

「那種尾巴，我在你這小兔崽子身上倒是看不見。」

塔爾馬利特生厭似的瞪向費奧多爾。哎，也對啦——費奧多爾似笑非笑地接受對方那樣對待他。自己跟那些少女不一樣，既不坦率也不肯拚死拚活。還是個在暗處偷偷摸摸地欺瞞眾人求生存的卑鄙墮鬼族。不值得讓人好意以待。

另外，提到納克斯上等兵。

「……嗯～」

不知道為什麼，他擺出興趣缺缺的臉色，點了點頭。

出乎意料的反應。原本費奧多爾認定納克斯會興高采烈，還準備好面對他一開口就是「是嗎是嗎費爾你終於也懂得愛女人啦那麼好事不宜遲我來教你怎麼追女人別擔心有四個對象就表示最多可以失敗三次」這種連珠砲般的攻勢了。

「之前你拜託我做的調查，情報都查得差不多嘍。」

「已經好了？好快，你真有一手。」

「這沒什麼了不起的。她們只有人被當成機密，情報本身並沒有管理得多嚴密。」

納克斯說完，就輕輕地晃了晃裝著成疊紙張的信封。

「碰到這種情況，擺在外頭的情資大多只是幌子，真正想隱藏的情報則另有所在——不過照我的直覺判斷，這次並不是那種套路。我猜啦，這些大概都是不折不扣的真材料。」

「聽起來還真是煞有介事。」

「我本身也認為這些材料不太有趣。看了挺倒胃口。」

哦——費奧多爾心想。

要形容納克斯，說得好聽叫豁達，說得難聽就是個馬虎的男人。他面對任何事都不改其吊兒郎當的態度，也不會顯露正經臉孔，只會戲謔似的找樂子。

那樣的他，居然一臉嚴肅地表示嫌惡。相當難得。

「你會把話說到這個份上，代表事情後頭有紈褲子弟藉此取樂？」

「你看了就曉得啦。之後記得把東西燒掉。」

冷冷淡淡。他會有這種態度，實在難得。

納克斯將信封推到費奧多爾胸前，然後掉頭就走。

「坦白講，我本來對你們想做的事沒多大興趣。但是唯獨現在，我覺得自己可以懂你們的心情。」

他散發出焦躁，頭也不回地用背影訴說。

「或許懸浮大陸群是差不多該墜落了。」

宿舍玄關的掛鐘「噹噹噹」地宣告時間到了晚上七點。

費奧多爾回到房間，從信封拿出了裡頭的內容。東西並沒有多厚。

既然納克斯會把話說成那樣，內容應該相當深刻。做好覺悟趕快讀完吧。費奧多爾如此打定主意，並且隨手翻閱內頁。

４２７／６／１５：於二十三號懸浮島捕獲精靈Ｖａ

「……嗯？」

至少那並不是以報告書形式整理出來的文件。

眼熟的格式。這是護翼軍製作的消耗型兵器管理文件。用於確認稀有的特殊砲彈，或者有去無返的單程飛空艇（One-shot Ship）儲量。

格式看得懂。懂歸懂，卻無法理解進一步的內容。

什麼名堂，為什麼拜託納克斯調查那四個人的事，成果會是這種鬼東西？那傢伙總不會搞錯信封裡要裝的文件了吧？

再往後讀。

４２７／６／１６：精靈Ｕｒ於七十二號懸浮島的戰鬥中開門，廢棄
４２７／６／１９：精靈Ｒｏ成體化
４２７／７／０８：精靈Ｗｅ與遺跡兵器（Dagr Weapon）印薩尼亞契合
４２７／７／１１：精靈Ｗｅ於十四號懸浮島的戰鬥中開門，廢棄
４２７／８／１５：精靈Ｒｏ與遺跡兵器印薩尼亞契合
４２７／８／２２：於四十七號懸浮島捕獲精靈Ｔｙ

即使情報來路不明，只要連同幾項前提湊到一定的數量，當中的意涵多少就會浮現。

首先，記載在上頭的是名為「精靈」的資材狀況。

一般用到「精靈」這個詞的時候，意思是指不知具體緣由的靈體總稱。它們包含寄宿在器物中的靈體；寄宿在地點的靈體；也有寄宿於信仰或契約中的異類。那些東西總不會全都可以消耗於軍事用途，當成是專指其中一種才自然。

這裡所提到的「精靈」，會在懸浮大陸群的各個地方誕生，並遭到捕獲。要經過相當

的時間，方能長為成體。接著，它們會搭配名為「遺跡兵器」的其他零件，然後前往戰鬥。在戰場引發名為「開門」的現象後，就會遭到廢棄處置。

長期以來，那種戰鬥發生的頻率相當可觀。護翼軍會交戰得那麼頻繁的對象非〈第六獸〉莫屬。換言之，這應該是用來對付一般兵器無法生效的〈獸〉，類似高效能炸彈的玩意兒。

437／12／16：精靈Ty與遺跡兵器伊格納雷歐契合

——在文件中，發現了令人在意的專有名詞。

438／3／30：精靈La與遺跡兵器瑟尼歐里斯契合
438／6／05：精靈Pa與遺跡兵器卡黛娜契合
438／7／20：精靈Co與遺跡兵器布爾加特里歐契合

認識的名字陸陸續續地列了出來。

費奧多爾想起那四個女孩取得亂長的名字。緹亞忒・席巴・伊格納雷歐、可蓉・琳・布爾加特里歐、潘麗寶・諾可・卡黛娜，還有菈琪旭・尼克思・瑟尼歐里斯。混帳東西。精靈的名字縮寫，那些遺跡兵器的名稱。兩者完全符合。

「……這是怎麼一回事啊？」

他再次確認。手上這些東西，是消費型兵器的管理文件。用於管理砲彈或拋棄式小型飛空艇的數量。

為什麼在清單上會有她們幾個的名字？

「…………」

費奧多爾心知肚明。

正常來想，結論只有一個。而且，沒有理由非得跳脫正常的方式來思考。

應該要高興才對。腦海裡有聲音在對他細語。

追根究柢，費爾多爾・傑斯曼為何會置身於護翼軍？是為了保衛世界？不對。是為了昇官發財？不對。

是為了找出**這玩意兒**才對。

護翼軍與奧爾蘭多商會擁有的，專門用於對付〈獸〉的祕密兵器。費奧多爾想查出以往好幾次防阻〈第六獸〉入侵的那種兵器到底是什麼玩意兒。而他的目的，在剛才突然達成了。意外地達成了。

沒有喜悅湧上。

相對地，只有某種像憤怒又像焦躁，或者與那兩者都不像的漆黑情緒在胸口打轉。

費奧多爾懷著無處可去的情緒，將手裡的文件砸到牆上。成疊紙張嘩啦散落，飄舞在房裡。

掉在地板上的其中一張，是替整份文件總結的那一頁，上頭這樣寫著：

４４３／５／１１：精靈Ｔｙ於三十九號懸浮島的戰鬥中開門，廢棄（預定）

４４３／５／１１：精靈Ｃｏ於三十九號懸浮島的戰鬥中開門，廢棄（預定）

４４３／５／１１：精靈Ｐａ於三十九號懸浮島的戰鬥中開門，廢棄（預定）

「即將毀壞的天秤兩端」

-expensive bullet-

1. 用畢即丟的兵器

有艘飛空艇開進港灣區塊。

戰略艇「蕁麻」。在護翼軍擁有的所有飛空艇當中，號稱馬力與積載量最高的一艘。

基本上它並沒有被設想過要正式投入實戰，規格可稱作怪物級。單單燃料消耗率差到被評為不堪實用的重環式大型咒燃爐，它就在基底與左右輔助翼裝載了四座。為了駕馭誇張的馬力，驅動系統的零件幾乎全是緋重鋼製，如此一來就非得設法支撐重得亂七八糟的機體，含控制船身所需的車葉在內，螺旋槳高達十六對之譜，將近普通大型飛空艇的四倍。近乎頂級的怪力，跟頂級的主砲最是匹配。因此，它還裝載了一整座原本用於防衛都市的定點兵器「移山砲（Mountain Thrower）」。

一言以蔽之，就是這麼回事。它是「最強的飛空艇」。只管將最強加上最強加上最強，完全無視於燃料消耗率、維護費用及咒燃損害而打造出的，自我滿足的結晶兼至高藝術品。

「小老弟，你對那艘船有什麼看法？」

被一等武官問到，費奧多爾思考了一會兒。

「設計者應該很盡興吧，我想。」

他老實說出了想到的意見。

不曉得所有相關建造人員當時是喝得多茫。居然會設計、製造出那種像在惡搞的大玩具，進而讓它被運用。

「將官有令，這次的攻擊作戰，要把那玩意兒當王牌。」

「我想也是。」

那艘艦艇對任何人來說都是破壞者。

它的主砲一旦開火，就能將小規模的都市整座轟飛。另外，光是那一砲所需的費用，同樣足以榨乾一整座小規模的都市。

儘管它是如此荒謬的兵器，但既然已經像這樣實際送來戰場，人們對它的期許大概也只有一種。

「麻煩嘍。」

「麻煩了耶。」

據說用不具魔力的普通兵器對付〈獸〉，效果根本不彰。雖然說並非毫無效果，但就是缺乏給予致命一擊的決定性武力。在護翼軍留有充足交戰記錄的〈第二獸〉及〈第六獸〉之戰中，基本上普通的砲械都是用於牽制或爭取時間。

若是正常人，就會設法找其他的手段。

然後，大概就是不正常的某個人想出了這主意——既然並非毫無效果，剩下的不就單純是火力問題嗎。假如火砲只能收得十分之一的效果，用一百倍的威力轟下去不就行了？

不用說，有這樣的命令交代下來，現場人員要吃的苦頭就會變成一百倍。

據說魔力是像火焰一樣的玩意兒。

其根據之一，就是它本身並無法保存。如果想使用其力量，就得在現時現地催發魔力才行。而且在體內催發的魔力，只能透過身體來對外界造成影響。

換句話說，要將魔力灌注在箭矢或砲彈中射出去，這樣的把戲是行不通的。

想對〈獸〉施展具有魔力的攻擊，無論如何都只有讓魔力使用者直接打肉搏戰一途。

——呃，不對。有辦法。手段就只有一種。

而現在費奧多爾已經得知那種手段了。

將有能力催發魔力的精靈，當成砲彈發射。假如用這種方式，就不必接近〈獸〉，又能進行有效的攻擊。

原來如此，雖然不知道是誰想出的法子，但這是合理的作法。原本要對付〈獸〉只是個不可能的難題，如今則有了一絲光明。

「一等武官。冒昧向您請教一件事。」

「嗯？」

「那些上等相當兵，當然有得到三名一等以上的軍官為其署名對不對。能不能向您請教那三位是誰？」

「……第二師團的灰岩皮一等武官。憲兵科的巴洛尼·馬基希一等武官。還有率領第五師團的我。那又怎麼了嗎？」

至少那三個人都知情才對。

目前得到相當於士兵的待遇而待在這個基地，卻無法成為士兵的幾名人員。其背後的理由，以及她們真正的身分。

「一等武官，那要是——」

費奧多爾噤聲了。

這是問不得的事情。因為自己還沒有被告知那些少女的真面目。不能用理應不知情的知識來發問。

「不，沒事。感謝您的回答。」

「是嗎……這樣啊。」

一等武官有些納悶地偏頭，卻沒有進一步向他追究。

†

緹亞忒又待在那座廢棄劇場上，抱著雙腿。

大概是摔落兩次讓她學到教訓了吧。她和蒸氣噴出口有稍微保持距離。

似乎是開門聲讓緹亞忒察覺到有人，她用眼角餘光確認正在接近的費奧多爾。

「甜甜圈。」

然後招手催促。

「妳把我當成什麼了？」

「感覺總是在吃好東西的人。」

唔。被戳中痛處了。費奧多爾沒有好詞能否認。

「啊，對了。告訴我那些東西是哪裡在賣啦。」

「問了要幹麼？」

「誰教這座懸浮島的東西全都沒什麼味道。我要帶伴手禮回去給可蓉她們才行。老是我一個人在享受也不對吧。」

「未經許可就離營，是不被容許的喔。」

「咦～你講話不要像死腦筋的長官一樣啦。」

「妳把我當什麼了？」

「不會死腦筋的長官。」

唉。費奧多爾不想承認，但是耍起嘴皮子，他並不是對手。

「出來走動這麼多次，妳自食其力也能找到吧？」

「唔～要統統吃一遍比較的話，我手上的零用錢不太夠耶。」

護翼軍士兵的薪水絕不算低。只要成為上等兵，想養活大家庭並且讓家人過得奢侈一點可說輕而易舉。至少那樣的金額不會讓人猶疑自己是否能像學生到處吃吃喝喝。

只要身為士兵，最起碼是那樣才對。

「……妳總是待在這裡，這地方有那麼讓妳中意？」

費奧多爾將頭偏一邊。

「我算是將這座城市的各個地方都看了一圈，感覺這裡是最冷清的。雖然風有一點強，可是很安靜，除了某人來的時候又不會有別人。在這裡想事情最適合了，不是嗎？」

「是啊。最合適想事情了。」

費奧多爾說完，就在離緹亞忒稍遠的地方坐了下來。

將視線移到比天空要低一些，可以眺望萊耶爾市的角度。

「妳覺得……這個世界有保護的意義嗎？」

「嗯？」

緹亞忒稍微拉近距離，然後把手伸來。

「什麼問題啊，你是護翼軍的武官吧，不是先有結論才會做那一行的嗎？」

「我談的不是自己。這是在談妳的事情。」

費奧多爾將追加的甜甜圈擺到伸來的手上。

「我更不是在問身為上等相當兵的妳，而是問身為精靈，還跟所謂的遺跡兵器契合的妳。」

在緹亞忒叼著甜甜圈並且嚼了兩三口以後。

「——你怎麼知道的，這應該是滿高層的機密耶。」

「這個嘛。」

因為我叫情報販子調查過……費奧多爾總不能這樣告訴對方。

倒不如說，主動向當事人透露自己知道這些，本來就是非常要不得的舉動。費奧多爾自己也不太明白他為什麼會這麼做。

「我負責監視妳們，既使是暫時性的，我仍是長官。」

費奧多爾回以矯情的理由。

「身為監視者，我會用任何手段得知自己該知道的事情。如此而已。」

少女噗嗤地笑了出來。

「為什麼要笑？」

「抱歉，我覺得有點懷念。」

大概是剛才那樣笑讓甜甜圈碎屑梗在喉嚨裡了，她一邊搥胸口，一邊從眼角泛出幾滴眼淚。

「之前也有人對我們說過類似的話。架勢裝得很帥，骨子裡卻少根筋，所以感覺不太協調。」

費奧多爾想起一個名字。緹亞忒以前用這種表情提過的名字。同時，菈琪旭跟可蓉都提過，以前曾擔任她們管理者的那個人的名字。

「妳是指那個叫威廉的人？」

「對對對。我們幾個的糟爸爸。」

她開心似的呵呵發笑。

從那種反應來看……尊不尊敬倒難說，但至少好像是個親近受喜愛的人物。

不知道是基於立場，或者年齡相近的關係，坦白講，被她拿來和陌生人做某種比較，讓費奧多爾心裡不太是滋味。

「我會保護喔。」

緹亞忒突然講出這種話。

「你剛才的問題，世界有沒有價值，我不太了解。畢竟我對世界的認識，並沒有廣泛到可以自己思考那樣的問題。何況我認識的人也不多。

所以，我不會思考艱深的問題。因為我自己決定要保護世界和同伴，才會那樣做。我不會去思考當中的意義或價值。

因為這是已經決定好的事，就沒有必要迷惘。如此而已。」

「妳那樣……」費奧多爾挑選用詞。「算是志在成為英雄嗎？」

「嗯～我覺得不太一樣耶，或許類似吧。捨命作戰就是帥啊。正值這年紀的少年少女都會憧憬這種事。」

「我……」

——比自身性命更重要的東西，應該沒那麼多才是。

——正因為如此，能找到那種東西的人既是幸運，也是幸福的。

「……我倒不那麼認為。跟陌生的他人相比，自己的性命更重要。」

「什麼嘛，你這個男生真沒有浪漫情懷。」

「畢竟那種美學還有自我滿足，都要活著才能夠享用。」

費奧多爾將甜甜圈的紙袋放到一旁，重新眺望城鎮。

大概是因為角度或地區性的差異，從這裡所見的街景，幾乎看不到居民活動的樣貌。不知道是人數變少了，還是根本沒有人了，幾乎無法區分。

逐漸邁向末日的世界，以及已經告終的世界，兩者的界線在這裡變得模糊。

「或許是那樣吧。不過，我們幾個並不是活著的啊。」

緹亞忒將最後一小塊甜甜圈塞進口中，然後靜靜說道。

「什麼意思？」

「跟字面上一樣的意思。呃～你對我們有多少了解呢？」

「並不多。我只知道妳們是自然誕生的精靈，要與其他兵器相互契合才會成為戰力，還有在『開門』過後就會遭到廢棄。」

緹亞忒搔了搔頭。

「啊～就這樣而已喔。那我好像得從滿初步的部分開始說明才可以耶。」

她一邊扳手指數數，一邊開始解說。

「我會講得非常簡略喔。」

首先，我們幾個是名為黃金妖精（Leprechaun）的自然現象。雖然會活動講話還有思考，但嚴格來說並不算生物──」

緹亞忒把話道來。

據說，她們是死靈(Ghost)的一種。在嚴格定義上不屬於生物。

所謂的妖精，原本是種自我主張過於微薄，連是否實際存在都讓人懷疑的靈異現象。

從森林深處傳來的嬉笑聲；半夜少了一丁點的牛奶；在家畜身旁飛繞戲弄牠們的某種不可視之物。

而黃金妖精的本質亦無異於那些妖精。她們會「誕生」於有人居住的村里附近，並且寂寂地逐漸消失。

但只要在消滅之前被人撿到，就可以確實塑形為一名無徵種的孩童。接著，她們將開始模仿生物。

喜樂、歡笑、痛苦、憂愁、憧憬、慨歎……

她們會像真正的生物一樣地仿效這些，至死方休。

「──所以嘍，要說的話，我們算是怪談中的主角。類似明明死了卻不自知的幽靈。

從常理而言也沒有肉體，好像是以高密度魂魄的形式來摹擬出本身的形象。」

「妳們……沒有肉體？」

費奧多爾用瞪視般的強烈目光，看向身旁的少女。

短短的青草色頭髮正在搖曳。裙擺裡包藏城裡吹來的風，飄揚擺盪著。嘴邊沾了甜甜圈碎屑。那模樣不管怎麼看，都只像稍微發育不良的，活潑的十幾歲少女。

「不要盯著我看啦，色鬼。」

「我對無徵種的小孩子沒那種意思。不講這個了。」

「別叫我小孩子。就算外表這樣，我最近也稍微長大了一點耶！」

「那都無所謂。」

「有所謂。」

「拜託妳當成無所謂。」費奧多爾懇求對方。「重要的是，妳看起來實在不像沒有身體。」

「表示在黃金妖精體內，就是塞滿了這麼非比尋常的能量啊。這是我們被當成機密的理由之一。假如構成這副身軀的靈魂能量被解放，就會引發大爆炸。雖然實際上並沒有那麼容易解放，不過有我們在旁邊，還是會覺得不舒服吧。」

緹亞忒「轟」地張開握著的拳頭來呈現大爆炸。

「還有，運用那種大爆炸的最新祕密兵器，就是護翼軍引以為傲的最終祕密兵器了。爆炸中當然也含有滿滿的魔力，用來對付〈獸〉的效果驚人。畢竟一直以來都被用於討伐〈第六獸〉的作戰，實用性已經充分地獲得驗證。我的學姊們實在是偉大。」

她重新握拳，然後使勁地豎起拇指。順帶還露出燦爛的笑容。

「雖然說，還不知道對〈第十一獸〉是不是一樣管用啦。」

「預定在三個月後實施的攻擊作戰——」

費奧多爾語氣平板地回話。

「具有收集情資的次要面向，要藉此估量那頭〈第十一獸〉究竟是多強大的威脅。軍方在發動過相當程度的攻擊後會先撤退，再根據獲得的情報重新擬定作戰。因此，就算妳是妳口中所形容的超級兵器，也不需要急著祭出。」

「沒那種事吧，我們這些炸彈對〈十一號〉到底多管用，只要轟一下就清清楚楚了。炸一炸才濟事啊。」

「以往都是妳們在保護這個世界不受〈第六獸〉侵襲吧，原本妳是處於應該被讚揚的立場。受到這種待遇，妳能接受嗎？」

「嗯～我想無可奈何吧。」

「妳沒有……還不想死的念頭嗎？」

緹亞忒笑了。

坦率得讓人毛骨悚然，而且表裡如一的開朗笑容。

「我哪有可能那麼想嘛。畢竟我們從一開始就沒有活著啊。」

「──我會談這些，就是因為難以相信那一點。」

「何必懷疑呢。事實又不會改變。」

唔──緹亞忒露出稍作思索的表情。

啊，對了──她露出似乎想到些什麼的表情。

緹亞忒用拳頭掄向旁邊的金屬牆。

那道金屬牆屬於構成都市大規模機械的其中一部分，它並非單純的平面。表面刻著散熱通風用的細紋，上頭設有屋簷。依觸碰方式，那也有可能成為一柄鈍刀。

肌膚裂開。

赤紅色的血飛濺四周。

「咦……？」

眼前的畫面讓人無法理解有何意義，費奧多爾愣住了。

「妳在……做什麼……？」

「證明我剛才所說的。如你所見，我不怕受傷也不怕死。」

「妳……不會覺得痛？」

「會啊。因為我還是有感覺。不過，也就這樣罷了。」

生物之所以怕痛，是因為那會接近死亡。

換句話說，只要不怕死，就不會刻意避免讓自己的身體受傷害……道理便是如此。

「砲彈不會恐懼。以用於殊死戰的兵器來說，那樣才比較方便吧。」

就如緹亞忒所說，依然還是有痛覺吧。她的額頭正微微滲出汗水。

即使如此，緹亞忒仍開朗地笑著對費奧多爾說出這種話。

「——我明白了。」

他無法再繼續看下去。

費奧多爾轉開目光。

「我會當作自己什麼也不曉得。所以，妳們只要盡妳們的職責就好。妳想捨命拯救懸浮大陸群，那就去做吧。我不會再攔妳。」

費奧多爾起身。

他扒開自己的軍服領口，然後扯下縫在衣服裡的簡易急救包，將那扔給緹亞忒。

「既然妳自稱兵器，就得在上戰場前維持本身的狀態完好。我姑且身為上司才會說這些，往後禁止妳有無謂的自殘行為。懂嗎？」

「是～」

緹亞忒從包裝中取出浸有藥水的繃帶，敷衍地回了話。

2. 與遺跡兵器契合之精靈

第五師團基地，女用營房。她們四個的預備下榻處，就在營房一角。

直到前陣子，那裡還是置物間。

畫滿塗鴉的桌子、圖鑑、火砲保養工具組、破破爛爛的布娃娃、關節扭曲的木頭人偶，這些先到的客人都暫且被請到一邊，經過簡單打掃後，就搬了四張床鋪進來。而在房間中央——

「好痛～～～～」

目前緹亞忒正淚汪汪地打滾。

「她那是怎麼了？」

剛進房間的潘麗寶一邊將行李擺到床邊，一邊問道。

「受傷了，傷到手嗎？」

「聽說我們幾個的身分被費奧多爾先生揭穿了。」

菈琪旭一邊闔上急救箱的蓋子，一邊說明。

「……然後呢，為什麼她會帶著傷回來？」

「聽說是想拿出自己不怕死的證據。」

「哦，那還真蠢耶。」

「就是啊，好笨。」

以菈琪旭來說算是辛辣的用詞。兩人將傻眼的目光投向緹亞忒。

「妳為什麼要這樣做呢？」

菈琪旭用怪罪似的語氣詢問。緹亞忒臉紅地把轉到一邊說：

「因為他問我：『妳沒有不想死的念頭嗎？』」

「咦？」

「那傢伙好像無法接受我們會死這一點。他在替我們生氣，像妮戈蘭那樣，感覺他不能接受那種事。」

痛痛痛。藥水好刺痛好刺痛。

「……然後呢，為什麼那會讓妳帶著傷回來？」

「行為莫名其妙的人，不是比較恐怖嗎？」

「我不懂妳說的意思啦。」

「所以嘛。只要我做出這種莫名其妙的行為，那傢伙就不會想繼續跟我有牽扯了吧，他自然會跟我保持距離吧？」

「……為什麼要這樣呢？」

菈琪旭傷心地垂下目光說：

「妳為什麼要刻意跟他劃清界線？就算他是妖精倉庫外面的人，也不是敵人喔。說不定，他跟威廉先生一樣……」

「既然要提到那個名字，妳也知道我心裡的答案吧？」

緹亞忒依然紅著臉。噘嘴唇的她用側臉回答：

「像威廉那樣子的人，有威廉一個就夠了。我們已經做好『開門』的覺悟。已經不需要會讓自己希望活下去的理由了。」

「所以我才問……為什麼，妳要說那種令人傷心的話呢……？」

「妳忘了嗎，妖精兵原本就是這樣的啊。」

緹亞忒揚起嘴角，無力地笑。

†

緹亞忒這些黃金妖精在懸浮大陸群的各個地方誕生並遭到捕獲以後，就會集中到名為妖精倉庫的地方接受扶養。

妖精的虛擬肉體，似乎是仿照以往滅亡的人族塑造而成。因此肚子餓就會進食，愛睏就會呼呼大睡，受傷就會流血，更會隨著時間經過長大。

妖精倉庫裡隨時都聚集了約三十名處境相同的妖精。當中有比緹亞忒年長的，也有比她年幼的。

以往那裡曾有個名叫珂朵莉．諾塔．瑟尼歐里斯的少女。

緹亞忒對她十分了解。

她有柔順的藍色長頭髮，以及蔚藍澄澈的眼睛。

喜歡吃的東西是加了滿滿香菇的奶燉濃湯。屬於甜食吃得不多，喝咖啡也不加砂糖的類型。好讀的書以戀愛類居多。洗澡習慣從右腳開始洗。

她是和護翼軍從地上發掘出的最強遺跡兵器「瑟尼歐里斯」相契合的最強妖精。

即使不開門……不讓魔力失控引起大爆炸，她還是打倒了為數眾多的〈第六獸〉。妖精是以用完即丟當前提的兵器，但是能二度利用自然再好不過。以單一妖精出擊過的戰鬥次數來說，在護翼軍留有的記錄中，她的名字穩居第一寶座。

起初，緹亞忒只是覺得那好厲害。

緹亞忒一直仰望著那道讓她覺得帥氣而耀眼的背影。她懷有憧憬。

後來，當緹亞忒自己的手腳開始成長時，那份憧憬變成了希望。自己遲早會前往戰場。到時候，她肯定會跟那位珂朵莉學姊一樣，變成既傑出又帥氣，而且最頂尖也最強的妖精。

這是發生在許久以前，軍方預知到將有史上最大的〈第六獸〉來襲時的事。

預知的內容顯示，珂朵莉・諾塔・瑟尼歐里斯非得開門才會贏。當珂朵莉被吩咐要為了世界而死的時候，她毫無畏懼及迷惘，靜靜地接納了那樣的命運。

至少，她的背影在緹亞忒看來是那樣的。

這時候，那個男人出現了。威廉・克梅修二等咒器技官。理應滅亡的人族殘存者，能將瀕臨損壞的遺跡兵器修理成絕佳狀態的驚人技術人員。雖然他不時會露出貌似背負著陰影的表情，基本上仍是個少根筋又充滿破綻，感覺並不可靠的大哥哥。

等緹亞忒發現時，那兩個人已經變成情侶關係了（由她看來是那樣）。

赴死的少女遇見了理應已死的男人。擦身而過、接觸、而後重疊的心意。萌芽的愛情。該怎麼說呢，好似將虛構的戀愛故事情節直接唸出來的情景，在緹亞忒眼前上演著（由她看來是那樣）。

然而，雙方心心相印的時光並沒有持續多久。

妖精的性命短得無可救藥。

珂朵莉．諾塔．瑟尼歐里斯比原先預計的多活了一陣子。然而，到最後她仍在緹亞忒不知道的地方奮戰至死了。為了保護自己珍惜的同伴，她主動用盡能保有自我的時間，揮舞遺跡兵器……據聞是如此。

當緹亞忒聽到這件事的時候，她哭了。尊敬的學姊不在了，再也見不到最喜愛的大姊姊了，這讓她難過且落寞不已。

而且，在淚水乾涸的同時，緹亞忒下定決心。

那位妖精以珂朵莉．諾塔．瑟尼歐里斯之名將她的故事跑完了。因此，接下來輪到緹亞忒自己跑了。

努力追上自己一直憧憬的那道背影吧。盡可能拉近彼此的距離吧。

將來，也就是稍久以後的未來，自己肯定也會變成那樣……抱持如此的信心吧。

在當時，緹亞忒真的有那麼想過。

†

「我說過了，不需要那麼感傷嘛。」

緹亞忒用沒受傷的那隻手，輕輕地撫弄哭成淚人兒的菈琪旭的頭髮。

「我們又不是去白白送命的。只要我們轟隆一聲把問題解決，妳跟小不點們就不必面臨危險了啊。妳不覺得這是划算的交易嗎？」

「我才不覺得啦！」

菈琪旭有些口齒不清地大叫。

「灰岩皮先生不是說過，他會堅持到最後關頭，將高層的決定推翻給我們看嗎！」

他確實說過。

然而，那不過是安慰之詞罷了。

試著用妖精跟〈第十一獸〉一搏的作戰，原本就是護翼軍高層交代下來的。他們要再次確認妖精做為兵器的實用性，同時也要為今後的戰略採集數據。十分合理且毫無累贅的作戰。連替代方案都沒有，根本不可能要求高層將其撤回。

「不行喔。因為這是遲早必須有人去做的事情。」

「或許是那樣沒錯……但我不希望那個人是妳嘛，緹亞忒……」

「哎喲，菈琪旭，妳就是這麼心軟。」

「才不是那樣！」

「可是呢，我們幾個的性命，價值並不是一樣的。」

緹亞忒把菈琪旭的頭摟到胸前。

「至少我這條命是廉價的。我沒辦法像珂朵莉學姊那樣，也無法成為她。所以，我的夢想就交給妳了……菈琪旭·尼克思·瑟尼歐里斯。」

「我才不要……」菈琪旭猛搖頭。「我才不想接下妳的夢想……」

「啊，對了。」

緹亞忒完全不把拒絕當一回事，輕輕地將手拍響。

「這樣的話，妳要不要追追看費奧多爾？」

「耶？」

菈琪旭的肩膀微微彈起。

「雖然他說他討厭無徵種，不過是妳的話應該沒問題。那傢伙跟威廉屬於不太一樣的類型，但我敢保證他為人不錯。」

「為……為為為什麼話題會扯到那邊啊！」

「這是當姊姊的希望妳活得久，還順便獲得幸福的心思。」

「妳的年紀又沒有大到可以當姊姊！」

「呵呵呵。半年的差距小歸小，卻永遠也不會縮短喔～」

「唔唔……」

菈琪旭無話可回。

她哭哭啼啼地把臉埋到緹亞忒的胸口。

「笨姊姊……」

「……是啊，我自己也有同感。」

緹亞忒緊緊摟住她的頭，然後輕聲嘀咕。

潘麗寶靜靜地待在稍有距離的地方，看著她們倆互動的模樣。

「嗯。」

她哼了一聲，若有所思。

3. 感情不好的兩人

費奧多爾拿著裝午餐的托盤，在空位子就座。

先來的少女坐在旁邊，微微抬起臉龐，朝著他看了過來。

「幹麼來我旁邊？」

緹亞忒不悅似的問。

「沒其他空位啊。」

費奧多爾同樣不悅地回話。

「有軍官專用席吧。你去那邊啦。」

「今天二等武官們難得在餐廳吃飯。餐桌原本就不大，沒椅子讓位居四等的小官坐。」

「唔。」

緹亞忒抬起臉龐，看向餐廳一角。

「的確。」

「因為如此，我今天要在這裡吃。幫我拿那個。」

「不得已嘍。」

這裡的餐廳為了盡可能配合多種族的味覺，每張桌子都隨時備有五花八門的調味料。餐點基本上幾乎不做調味，採用個人非得照各自喜好添味道的形式。

「嗯。」

緹亞忒鏗鏗地用手指揀選出幾只瓶子。辣椒粉、胡椒、大蒜、香草鹽，連榨過的豬油都有。

「用量從左邊算起，分別是三比二比四比三比一比二。右端那瓶在最後加一把提味就好。」

「哦。」

冷淡的互動。湯匙叮叮噹噹地添味。

調味完畢。開始用餐。

「原來如此。用較重的辣味瞞過舌頭，並搭配香草的風味蓋過素材腥味的調味方式啊。妳來這間餐廳的時日尚淺，這樣算是不錯了。」

費奧多爾語氣淡然地給予評價。

「是吧？」

哼哼——緹亞忒挺起胸膛。

「不過，太單調直接了。我看妳是因為平時都只跟同種族混在一起的關係，想法變得狹隘了吧。」

「唔。」

被激到的表情。

「……嗯，你敢這麼說，應該可以舉出更高明的配方吧？」

「在剛才的配方裡，把那只黑色瓶子裝的東西舀半匙加進去。」

緹亞忒抓起對方指定的調味瓶，看著標籤歪了頭，然後才打開蓋子，「唔哇」地低聲驚呼。

「這……這什麼啊！好臭！該不會是獸人用的調味料吧？」

大概是太過刺激，緹亞忒的眼角微微泛出淚光。

「眼光不錯。那似乎是將動物內臟發酵過的調味料。味道沾上衣服會有一陣子都去不掉，妳要小心點。」

「叫我吃這個？認真的嗎，正經的嗎？這絕不是適合裝進我們胃袋的食物啦！」

「妳要逃就逃吧，反正我無所謂。」

經過短暫沉默。

「唔喔～！」

少女雄赳赳地吶喊以後，就把湯匙伸進了瓶中。

「……真是奇怪的互動。」

在稍遠一點的位置，波翠克上兵正一邊啃著只有稍微烤過的肉，一邊嘀咕。

「看起來像在吵架，也像是感情融洽。旁人看了完全分不出他們是感情好或不好。」

「我們家的緹亞忒老實歸老實，個性卻不坦率。」

在他旁邊，同樣啃著肉的潘麗寶把話接了下去。

波翠克頓時露出愕然的臉色——他原本沒有發現潘麗寶在那裡——隨後就點頭表示：

「原來如此。」

「傑斯曼四等武官是位正直得讓人佩服的人物。和無法坦率的女生搭配在一起，會有那樣的互動也是難免吧。」

「……你說……他是位正直的人物？」

潘麗寶臉上沾著肉屑，還小聲地嘻嘻發笑。

「嗯。難道妳有不同的見解，紫髮少女？」

「沒有啊，至少，我同意他似乎是個討人喜歡的人物。」

她從肉塊咬下大大的一口。

「緹亞忒明明說過想跟他疏遠，還不到一個晚上就變成那副德性了。看來我起碼得承認他並不是個凡庸的少年。」

潘麗寶說完就用叉子指了一指，只見……

「好難吃！這什麼味道啊！明明難吃卻又讓人上癮！」

「俗話說『毒跟藥的差別只在於用量』，對吧。只要注意用量，任何東西的刺激性都會有出乎意料的烘托效果。」

「唔咕咕咕咕，再來一盤！」

「我剛剛才叫妳注意用量的吧！欸，小心使用啦！沾到衣服就糟糕了，這我剛才也說過吧！」

身為當事人，緹亞忒露出了用「那副德性」來形容正合適的糗樣。

†

忽然下雨了。

而且是傾盆大雨。

此時，費奧多爾碰上的幸運與不幸各有一項。不幸的是他剛好在外頭走動。幸運的是跑一段路，就有附屋頂的休息處。

費奧多爾氣喘吁吁地趕到屋簷底下。

在那個休息處，已經有個同樣喘著氣的訪客先到了。

「……呃。」

菈琪旭肩膀上披著軍官外套，怯生生地開口。

「怎樣？」

「不好意思，占用了你的外套。還有謝謝你。」

「別在意。管理妳們的健康狀態也是我的任務之一。」

費奧多爾說完，便微微地打了哆嗦。

他用衣袖擦掉眼鏡上的水滴，再重新戴上。

天色灰濛，看不見太陽，雨持續下個不停。待在這裡還挺得住冷天氣，不過實在無法下定決心在雨中奔跑，讓自己淋濕。

「唔……唔唔，都是緹亞忒害的……誰教她要說那種話，害我放在心上……」

菈琪旭似乎正一邊偷瞄費奧多爾這裡，一邊自言自語地咕噥。

「妳的臉有點紅呢。」

「呀啊！」

她蹦了起來。

「或許是感冒的前兆，之後最好去醫務室看看。」

「啊……好的。我明白了。我會照做。」

菈琪旭垂下肩膀。

她靜不住，縮著身體微微地顫抖，還一直在注意費奧多爾這邊，卻又沒有拉近距離。

那模樣瞧著就像兔寶寶或什麼一樣。

費奧多爾認為她有可愛之處。

費奧多爾同樣是個年輕健全的少年。對可愛的女生會有許多念頭。和這種女孩獨處的情境，並非不令人心動。

然而，對方是無徵種。該怎麼說呢。光有這一項事實，內心難免會拉開距離。熱情逐漸散失。

「請問一下。」

「嗯？」

「說來滿突然的，不過……費奧多爾先生，你討厭無徵種對不對？」

莫非心思被她看透了？

有那麼一瞬間，費奧多爾曾認真地提起戒心。他不認為自己反應過度。實際上，世上就是有種族能做到那種匪夷所思的技倆。

「明明你本身也是無徵種，我覺得滿稀奇的。所以……是不是有什麼原因呢？」

「沒什麼，這很正常啦。從出生到現在，我身邊都沒有像樣的無徵種。無論我去哪裡，都只會遇到精神分裂的傢伙。」

跟費奧多爾有血緣關係的家人本來就盡是一些怪胎。後來他基於種族相近之誼而深交的朋友或熟人，也都在不同方面有異常之處。

邂逅與決裂反覆上演幾次以後，費奧多爾學到了。這表示無徵種本身要不是受了詛咒，就是有什麼毛病。

「接連碰到那麼多壞事，就算不想也會變得排斥。」

當然，求得結論的費奧多爾本身也不例外。

自己並不正常，像這樣的自知之明，他自是不缺。

「那麼……我跟你講話，該不會也對你造成困擾了吧？」

「不會。」

答完話，他才猶疑自己的態度有些冷漠。

「請妳不要太在意好嗎。有別於我對無徵種的反感，我也明白妳們都是好孩子。我並沒有將妳們一個個都想得那麼壞。」

「這……這樣啊。」

費奧多爾用眼角餘光確認菈琪旭的模樣，看見有些寬心的臉龐。

對方似乎將他剛才明顯只是說來打圓場的那些話直接聽進去了。坦率到這種地步，大概一下子就會碰上詐欺或者壞男人。光看就擔心。

「……呃，還有。」

「嗯，接著又怎麼了？」

「那個……對不起。緹亞忒好像跟你說了一些古怪的話。」

「古怪？」

是指哪件事？費奧多爾心想。

大概是因為拚了命地一邊空轉一邊活著的關係吧。明明認識還沒有多久，她那奇妙的言行卻有許多令人印象深刻之處。

「她說過我們沒有活著，所以不會怕死。」

「喔……」

原來是那件事啊，費奧多爾心想。

的確，在他跟緹亞忒交談過的話語中，那算是數一數二奇怪的互動。然而……

「不古怪啊。雖然聽了會覺得荒謬，但那就是事實吧。」

「是的……」

菈琪旭難受似的點頭。

「既然如此，也沒有什麼好奇怪。我甚至要感謝她坦白告訴我。」

「……是的。」

她點頭。

「話雖如此，事情確實也有點難以置信。關於妳們是幽靈這一點，妳拿得出什麼眼見有憑的證據嗎？」

「呃，那我並沒有……啊，對了。之前可蓉曾經喝過一整甕驅魔的聖水，就搞壞了肚子。」

不不不。

那樣做的話，任誰都會搞壞肚子啊！

「請問……到底來說，你是不是也討厭幽靈呢？」

不不不不不。

妳用那種方式問，我想會回答「不是」的人並不多喔。

「要問到怕或不怕，我算是明確覺得吃不消的類型。」

「我想也是……」

「我的伯伯喜歡怪談。所以他會逼我聽那一類的故事，不顧我排不排斥。結果正如所料，我在半夜就變得不敢上廁所了。」

「咦？」

「每次有那種情形，我就會把姊夫挖起來陪我上廁所。假如姊夫心情不好，有時候也會直接趕不上。或許是因為這樣，我現在還是不太喜歡聽到跟幽靈有關的事。」

「那個……」

「啊，剛才那些話麻煩妳對緹亞忒她們保密。我猜那八成會被她們當成天大的笑柄。」

菈琪旭「噗嗤」地小聲笑了出來。

「費奧多爾先生，你好過分。剛才我還以為自己真的會被你討厭，心裡很害怕耶。」

「壞就壞在妳的反應太老實了。會讓人想戲弄。」

「哎喲！」

少女用嬌小的拳頭輕輕地頂在費奧多爾的手肘上。

仰望天空。雨沒有停歇的跡象。目光轉向地上，任風雨吹打的樹木正微微顫動。

「以前，我有個學姊。」

在費奧多爾的旁邊，菈琪旭一邊望著同樣的世界，一邊又開口訴說。

「當然，她同樣是黃金妖精。她是個非常厲害、溫柔又優秀的人。我們以前都非常喜歡那個人。

緹亞忒總說她想變得像那個人一樣，以前她都把那當成口頭禪。」

費奧多爾發現這段話是過去式。
「妳說的那個學姊，果然也……？」
「是的。她跟〈獸〉作戰，然後陣亡了。」
菈琪旭把話截住。
「她一度接受要為大家捨命。
打算前往戰場。
可是，她在上戰場以前，喜歡上了一個很棒的男人。
她變得不想死，希望自己能活得更久。
明明身體是消耗品，卻拚了命地從戰場生還。
她設法回到了想一起生活的人身邊。
即使如此……到最後，為了保護重視的人們，她還是主動走向戰場。明知道無法再回來，她卻笑著走了。」
「……嗯。」
還真是具戲劇性的往事，費奧多爾心想。
甚至，讓他產生了些許的嫌惡感。

「啊，不過，要說到他們算不算情侶，或許也有點難講。

該怎麼說好呢。當時我們還小，看了會覺得那是大人之間的戀愛關係，不過現在來看，或許跟我們想的有點不一樣。」

「那是怎樣，也就是說其實是那個學姊單戀對方嗎？」

「不，該說是兩情相悅嗎。總之愛情的箭頭絕～對是雙箭頭。」

她紅著臉，用亂有魄力的語氣告訴他：

「當時的學姊，年紀和現在的我們差不多。她完全不掩飾自己喜歡的心意，將有限的時間都用來待在威廉先生旁邊。

至於威廉先生……他是有接受那樣的學姊，不過終究還是把她當女兒對待吧，看起來似乎都有稍微保持距離。」

啊，不過，單純是我看了那麼覺得而已，真正的情形沒有人曉得——菈琪旭連忙如此補充。費奧多爾想了一會兒。

「呃，那個叫威廉的軍人，真的那麼厲害嗎？」

「啊，是的。他是個非常厲害的人喔。假如要用一句話來說明他是個什麼樣的人的話呢……」菈琪旭稍作思索。「大概就是寵愛孩子的父親吧。」

……這話讓人聽不懂意思。

「我們這些妖精的數量滿多的。當時也有三十個左右。而威廉先生可以一臉正經地認真對著我們每一個說：『妳是世界第一可愛喔。』他就是那樣的人。」

什麼跟什麼啊。

「實際上，那個人跟妳們並沒有血緣關係吧？」

「是的。我們沒有原始意義的父母。」

「……那不就是個怪人嗎？」

「啊……啊哈哈。」

菈琪旭用苦笑敷衍過去了。她絲毫沒有否定。

「不過，他真的是用真心真意在愛我們。至少對我來說，那個人比真正的爸爸更像個爸爸。」

菈琪旭遠遠將目光拋向烏雲另一端，心裡抱著緬懷。

「我想其他人肯定也一樣。

畢竟我們是那樣出生的，內心都渴求關愛。雖然也有不太坦率的孩子，但我們當中幾乎沒有人不喜愛威廉先生。」

原來如此，需要與供給。將關愛過剩的男人丟進缺乏疼愛的少女們之中，便造就了一名奇葩男子與三十個戀父情結的女兒嗎？費奧多爾理解了。

理解的他進而認為：那不就膠著成一團了嗎？

（……唔嗯～）

好像看出了許多端倪，卻反倒迷失了什麼似的，難以言喻的心境。

妖精們是注定早晚要在戰場上犧牲的生命。無論投注多少愛，都肯定會比自己先死。面對那樣的生命，還表現得像個父親。要有多大的覺悟才辦得到那種事？費奧多爾不能也不願想像。

「緹亞忒現在還是想變得像學姊一樣。呃，所以說……費奧多爾先生，假……假如你不討厭她的話，能不能拜託你一件事呢？」

「……視內容而定。」

「到三個月後，也就是作戰那一天就可以了，希望你能跟緹亞忒好好相處。呃，請你把她當成一個女孩子來對待，讓她能活得像個女孩子——」

「換句話說。」

費奧多爾中途打斷她的話。

「妳要我代替那個男性，為她扮演男友或者父親的角色？」

菈琪旭倒抽一口氣。

「呃……是的，到頭來……就是那個意思。」

「妳要我讓做好覺悟的緹亞忒冒出『自己還是不想死』的念頭，再把即使如此還是非死不可的現實攤在她眼前，到了作戰當天揮淚告別炒熱氣氛以後，就看著她壯烈地自爆犧牲？」

費奧多爾重新意識到因雨起霧的眼鏡。他告訴自己要冷靜。目前的費奧多爾・傑斯曼是個誠實的模範軍人。他應該如此。

「這……」

菈琪旭為之語塞。

坦白講，扯來扯去到最後，費奧多爾差點就對這四個少女有了好感。畢竟一起相處有開心之處，她們也都是滿乖巧的孩子。附帶一提，青春期的少年對同年齡層少女普遍會動的歪腦筋，費奧多爾也不是沒有。因此呢，就這麼回事。退一百步，要他講出「妳是世界第一可愛的喔」這種話也無妨，他並非沒有那樣的想法。

然而，這跟那是兩碼子事。

世上有可以奉陪的鬧劇，以及不能奉陪的鬧劇。對費奧多爾來說，這次的事情屬於後者。

「果然會讓你有那種感覺嗎。我不應該……向你拜託這種事的。」

菈琪旭垂下目光。

「對不起。我剛才說的那些，請你忘了吧。」

費奧多爾看了她那沮喪的模樣，便暗自在內心咂嘴。彷彿嘴巴無視於意志自己動了的感覺。自己似乎不小心說得太多了。費奧多爾到底不擅長談這些，情緒無論如何都會變得衝動。

為了多少自圓其說，他本來正想回答：「我才應該向妳道歉。」

遠方傳來爆炸聲。

緊接著，地面微微搖盪。

「嗯？」

世界隨即取回原本的樣貌。天色灰濛。小徑在雨中搖曳。

剛才那來自港灣區塊的方向。

莫非是出入中的飛空艇引發事故了？或者——

「我去看看。」

咦——菈琪旭抬頭看了過來。

「呃，可是你的外套。」

「幫我保管。」

費奧多爾只留下那麼一句，就在雨中衝了出去。

†

爆炸屬於小規模，沒有造成多大損害。

然而從現場情況來看，意外的可能性薄弱，換句話說，憲兵判斷應是他人刻意所為導致的。

其用意恐怕是聲東擊西。趁著人們將目光集中於騷動時，其他地方大概正在進行某種工作，這是目前最有力的推測。

「簡單說，就是幾乎什麼也沒有查出來。」

一等武官無趣似的說。

「頂多只能說有人偷偷摸摸地躲在某處，正在暗地裡做些什麼。光這樣似乎當不了任何參考。」

「意思是有作亂分子嗎？」

費奧多爾擺出稍作思考的動作，然後又問：

「請問有沒有其他情資呢，比如說對方的企圖，潛伏在哪裡的線索，是否與護翼軍敵對……」

「天曉得。或許憲兵那邊有掌握到什麼吧。他們幹的活也不輕鬆，不會輕易對外人亮出手裡所有的消息。」

那倒也是。畢竟作亂分子也有可能就潛伏在軍中內部。

「……總不會是至天思想的狂熱信奉者吧？」

所謂至天思想，指的是將〈獸〉的來襲當成星神旨意，認為眾人最好毫不抵抗地受死的思維。

那並沒有創立出堪稱宗教的組織，在大多數懸浮島上也都禁止宣揚其想法。因此信奉者的絕對數量絕不算多。可是，偶爾就會有人本著那套思想來向護翼軍找碴。

「難過的是大有可能。那些人很難對付，我倒不樂見就是了。」

一等武官搖頭。

「哎，總之關於這件事，沒有我們的工作。第五師團的敵人是那塊飛在天上的黑水晶，並不是躲在某處圖謀不軌的神祕人物。」

這樣嗎——費奧多爾正要點頭，身體便湧上強烈的寒意。

他打了個稍大的噴嚏。

「……你快去洗個澡吧。看了都覺得冷。」

「遵命。」

費奧多爾用自己手臂輕輕摟住淋濕的全身，肩膀微微地哆嗦起來。

4. 真實面孔的少年

有人幹了傻事，就會有人付出代價。

問題在於由誰來扛那筆債。處世靈活的人總擅於將擅自妄為的結果，厚臉皮地推給別人。

要說的話，費奧多爾算是長於此道。儘管他以保持精明低調的身段為信條，但或許正因為如此，倘若發生狀況，他有信心極盡狡獪之能事。

不過，那仍有極限存在。只要活著，無可避免地，遲早還是得自己承擔做出愚蠢行為該受的懲罰。

簡單來說，出了什麼事呢？

費奧多爾得到了重感冒。

「唔啊……」

世界正在天旋地轉。

喉嚨裡有沉重的異物感。

費奧多爾在被窩裡稍微翻身。一瞬間世界似乎恢復了原本的模樣，但立刻又變回天旋地轉的不穩定狀態。感覺像躺在轉碟雜耍者所拿的碟子上。這座懸浮島該不會要沉了吧？他甚至冒出這種觸霉頭的想法。

費奧多爾用薄紙擤了鼻涕。

把紙團朝垃圾桶一甩。沒進。由於他也沒有精神特地過去撿，就直接閉上了眼睛。在發冷及噁心的合奏圍繞下，睡意依舊來到。

他作了夢。

——哎，別那麼說。這個世界可沒有那麼讓人唾棄喔。

——比你見識得更多的我都這麼說了，你要相信啦。

「姊夫……」

費奧多爾被自己的嘀咕聲喚醒。

有人在他眼前。

是誰？

「……緹……亞忒，是妳嗎？」

眼睛緩緩對焦。

只見在陰暗房間裡，有淡紫色的頭髮輕靈晃過。

纖細的指頭軟綿綿地擰了毛巾，然後攤開，將那擱在費奧多爾的額頭上。

「潘麗寶？」

「答得漂亮，是我。」

平淡的嗓音以及表情，即使如此仍得到答覆。

太陽似乎早已西沉。四周昏暗，不穩定的燈光虛弱地照亮周圍。

——潘麗寶．諾可．卡黛娜在四名上等相當兵之中，算是性情較為特別的女孩。她幾乎不會對別人獻殷勤或恭維，只是我行我素地過著自己的日子。在自由時間也幾乎沒看過她跟別人在一起。

從表情及語氣，都難以判斷潘麗寶在想什麼。既然是個難相處的人，感覺大家自然會想保持距離。但在另一方面，她又具備不可思議的親和力。一回神，潘麗寶就會不知不覺出現在旁邊，所有人對此都覺得理所當然。

她和緹亞忒以及可蓉一樣，是三個月後預定要在戰場上消耗的生命之一。

「雖然這不是為了獎勵你答對，簡單的餐點已經準備好了。有沒有食慾？」

潘麗寶說完，就用目光指向茶几，上頭有個小小的籃子。起身打開一看，裡面裝著切成小塊的三明治。

「菈琪旭親手作的。她說是為了賠罪。外套似乎會洗過再還你。」

「是嗎。」

費奧多爾抓了一個，放進嘴裡。

（……唔喔？）

彷彿不容分說地就從舌尖溶入全身的幸福洋溢感。

儘管感冒讓味覺變得有點奇怪，他還是能明確地吃出這東西的美味。感覺溫順而體貼的柔和滋味。

跟平時在餐廳吃到的平淡菜色完全不同。是黃金妖精女孩為了味覺相近的墮鬼族，所作出的菜餚。他會覺得這東西好吃，就表示舌頭的偏好已經被她看透了，可惡，有種類似於敗陣的感覺。

「我好像是頭一次看見拿掉眼鏡的你。印象變化挺大的呢。」

被這麼一說，費奧多爾才確認面前。說來也合情合理，但他沒戴眼鏡。

自己麻煩的一面被看到了——費奧多爾暗自咂嘴。

當然，眼鏡本身並沒有什麼玄機。

這對費奧多爾而言是心理上的開關，可說是自我催眠的關鍵。一直以來，他都把這當成維持集中力的焦點，並且藉此演好模範生的角色。

因此他有自信，只要沒有多大的狀況，在戴著眼鏡時就不會露餡……也就是藏得住本性。不過，相反地在摘下眼鏡時，他原本的情緒及衝動就容易出現在臉上。

「……我說過自己眼神很凶吧，就是介意才會遮著啊。」

費奧多爾裝出鬧彆扭的口氣，將臉轉到旁邊。

「所以說，妳為什麼會在這裡？」

他一邊咀嚼一邊問。

「當然是為了照顧病人。原本我們也想過四個人一起出動的主意，不過那麼多人湧進來總不方便。後來就用抽籤決定代表，由我一個人過來了。」

喔，原來如此。感謝她們有這份心。

對於抽籤的結果，費奧多爾也決定在內心暗自感謝。被籤選中的不是好動活潑的可蓉，而是最安靜的潘麗寶，對自己來說是件幸運的事。雖然他並不是對可蓉有意見，不過要應付可蓉，總覺得會耗體力。

「鑰匙是向管理員說明原因後借來的。對了，我有聽說喔，你似乎相當不願意讓別人進自己房間。」

「是啊……哎，因為房間很髒，我覺得難為情。」

他一邊咬著三明治，同時以曖昧的笑容蒙混過去。

「的確呢，看起來亂糟糟的。」

潘麗寶朝周圍瞄了一圈，淡然地表示傻眼。

「不要一直盯著看啦。」

費奧多爾輕輕搔了臉頰，露出害臊的模樣。

「以前跟人共用房間，就沒有這麼亂啦。晉昇四等武官以後有了個人房，一下子就變成這樣了。我打從骨子裡就是隨隨便便的性格。」

「難說吧，誰曉得呢。要單純當作粗線條，你這種散亂是經過計算的。」

潘麗寶露出了一抹笑容。

「藏木於林。要在整齊的地方藏東西，本來就不容易。要是遭受搜索，想要的東西一下子就會被找到。」

原本想再拿一個三明治的手，停住了。

嘴巴裡在不知不覺中變得乾澀。

「妳是什麼意思……？」

「在你睡著時，我本來想稍作整理。結果，就發現了意外的東西。」

身體為之一顫。

「護翼軍的內部情資，以你的身分應當無從得知的機密——」

費奧多爾的腦中，有某個部分做了切換。

齒輪發出聲響，排列方式完全變樣。

四等武官內斂和善的表情，原本掛在臉上的淺薄笑容，像魔法一樣地瞬間消失了。

從底下冒出來的，是猙獰而凶惡的另一張臉孔。眼神銳利扭曲，犬齒外露的嘴角像野獸般顯現出憤怒。

同一時間，身體有了動作。

身體早就忘了高燒。從被窩跳起，一直線地伸出手臂。用張開的五指掐住潘麗寶脖子，將她拉到身邊。

砰。

費奧多爾將潘麗寶制伏於床鋪上，發出劇烈聲響。

燈在搖晃。世界在搖晃。

「──令人訝異。」

潘麗寶茫然地嘀咕。

「態度轉變得真極端。還有你剛才的身手。根本猝不及防。」

少女行動受制，聲音仍毫無懼色。

她看起來不像在害怕，也不像在生氣。只是興趣濃厚地仰望著費奧多爾。

「──妳知道了什麼？」

費奧多爾將臉貼近到極限。直到兩人的眼睛能映出彼此雙眼。

他低聲問道。

「妳掌握到什麼程度了？」

「如我所說的。頂多只曉得你似乎在打探護翼軍的機密。

除此以外，就在上一刻，我見識到你不為人知的真實面孔了。雖然平時那種模範生的嘴臉是不錯……嗯，現在的你有種野性的味道，也相當不賴。」

「別跟我打哈哈。」

費奧多爾在手臂上使勁。

潘麗寶不把人當一回事的淡淡微笑……在他看來是如此……因痛苦而微微扭曲。

「緹亞忒她們相當老實。在愛的呵護下正直地長大了。因此難免對人的表裡兩面渾然不覺。尤其是她們被人用笑容相待，就會立刻信任對方……雖然說我最喜歡她們那一點。」

「妳想講什麼？」

「我的個性有些彆扭，這就是我想說的。」

潘麗寶用手指輕輕地敲了敲費奧多爾的手背。意思大概是要他放鬆一點。

費奧多爾無視其訴求，反而更用力地動手制住潘麗寶。

傷腦筋——少女微微聳肩。

「我不認為我們適合談情說愛。那些行為全是能生育後代的種族，才具有的獨特習性。會自然地誕生而後消失的我們，只能模仿到表象。」

「我沒有問妳這些。」

「你不是問過『妳想講什麼』嗎，所以，我在講我想表達的話。」

緹亞忒對你懷有親近感。

菈琪旭對你懷有敬愛感。

可蓉對你懷有興趣。

簡而言之，我的三個家人通通被你這個少年迷住了。即使我想仔細了解你，那也是理所當然的事情。你不這麼認為嗎？」

——胡說八道。

也罷。想裝蒜就裝吧。想隱瞞就瞞吧。就算來硬的，把那些都挖出來就對了。

費奧多爾・傑斯曼是墮鬼族。

墮鬼族在古時候，據說是眼睛蘊藏著力量，還可以藉此蠱惑操弄人心並使其沉淪的一族。

無可避免地，據說其能力在長久歲月中流失了。實際上，當代存活的墮鬼族眼裡，只剩下無法與以往相比的微弱力量。弱得甚至連墮鬼族有獨特本事這一點都已被人遺忘。

「**妳是我的朋友**。對吧？」

「唔……」

額頭幾乎可以相觸的距離。

費奧多爾的眼睛綻放出些許光芒。

潘麗寶繃緊臉孔。

費奧多爾不過是現代的墮鬼族，自然只有繼承到與祖先眼睛無法相比的微弱力量。

首先，周圍必須暗得沒有其他多餘的光芒。再者，費奧多爾非得貼近到氣息足以吐在身上的程度，讓對方望著他的眼睛才行。

即使如此麻煩的條件都備齊了，結果能引發的現象仍十分微薄。他並不能自由操弄對方的心靈。頂多只能將認知稍作曲解，將「眼前這個人似乎跟自己相當親暱」的錯覺灌輸給對方。

這種能力要怎麼用？

小時候，費奧多爾曾經噘著嘴唇向父母這樣抱怨。既然要用，何不給他更華麗強大的力量？無處可用的能力，和沒有差不了多少。

他記得當時幫忙出言安撫的是姊夫。

『我們額眼族也一樣啊，以往的力量根本一點都不剩。不過，那是件好事喔。力量會衰弱，表示沒必要再用到了。換句話說，你們墮鬼族即使不靠取巧的能力，光用誠意與直來直往的方式也交得到朋友啦！』

漂亮的空話。父親與母親都在苦笑。

即使如此，當時的費奧多爾還是覺得那套說詞非常帥氣。可以用無比積極的態度來思考失去力量這件事，又能帶著笑容斷言，讓他對姊夫這個人懷有強烈的憧憬。

當時，費奧多爾是那麼想的。

經過了足以緩緩吸氣然後吐出的時間。

費奧多爾沒有將這種力量用到熟練。由於缺乏嘗試的機會，又無法期待有強大效果，與其說是王牌，一直以來他都把這當成廢牌。他甚至有所覺悟，當自己遇到非仰賴這種技倆不可的狀況時，就等於已經玩完了。而且……

——他失敗了。

費奧多爾憑直覺感受到。

假如有成功，他就會知道。照理而言，他會體認到以交集的眼神與重疊的視線為導管，將自身意志灌入對方內心的感覺。

然而，費奧多爾此刻所感受到的，只有像在沙地上打翻水桶一樣的空虛失落感。

一蹋糊塗的身體狀況只會作祟。散漫的集中力，無法穩定的視線，在難以期待會成功的狀況下挑戰，迎來了必然的結果作收。

——難道自己就這樣完了？

費奧多爾．傑斯曼是艾爾畢斯的生還者。換句話說，他生還於曾經危害整座懸浮大陸群的國家。那本身並沒有什麼大問題。護翼軍的名冊上也有記載，調查一下立刻就能得知。

可是，自己在護翼軍當中的可疑舉動一旦露餡，事情便大為不同了。「艾爾畢斯的生還者」將變成「艾爾畢斯的餘黨」。想毀滅世界的那群人之中，目前仍有餘黨在威脅這個世界——事情難保不會變成這樣。

而且，傷腦筋的是那樣解讀並無半點錯誤。實際上，費奧多爾．傑斯曼就是為了威脅全世界而活在當下。忠厚的假面具，在護翼軍中求昇官，全都是為了那個目的。然而，居然會在這種時候陰溝裡翻船。

（——還有手段……能讓我溜掉嗎？）

費奧多爾朝門邊看了一眼。現在立刻衝出這裡逃到萊耶爾市的大街上如何？街道錯綜複雜，不熟悉的人連要直線前進都有困難。應該難以追蹤。

不對，還有更簡單的手段，將眼前的潘麗寶封口。讓原本就沒有活著的她以死來保持沉默，這樣不是挺得體嗎？

動手吧，費奧多爾。在手指上多用點力氣。

反正到最後一切都會歸於虛無。趁早收拾掉一個，在最後清算罪孽時也毫無差別。

所以，不要猶豫。

為了大義。為了世界，還有其未來。動手就是了。

「……好痛苦。」

潘麗寶完全沒有抵抗的跡象，只是低聲呻吟。

「你能不能鬆手呢，費奧多爾？」

費奧多爾的手指照她所說的，放鬆了力氣。

「還有，該怎麼說好呢……繼續貼得這麼近講話，實在讓人難為情。可以的話，你能不能將臉挪遠一點？」

在昏暗床鋪上，幾乎形同於相擁的姿勢。在鼻尖好似要相觸的距離內熱情互望。

原來如此。費奧多爾被她一說才發現，這確實讓人難為情。要是被人看見，應該無從辯解。

「假如你想先奪走我的唇……哎，倒不是不能考慮啦。」

「別跟我開那種玩笑。」

費奧多爾輕輕戳了潘麗寶的額頭，然後拉開距離。

「玩笑？」

潘麗寶起身，然後一邊整理亂掉的衣服，一邊偏頭表示不解。

「如果妳們牽扯上軍紀事件，要負責的是我。好歹我一直都在當品行端正的模範生，我不想因為這種事而糟蹋好不容易建立起來的評價。何況。」

哎嘎一聲，費奧多爾坐回床邊。

自己在說些什麼啊？他感到傻眼。完全錯失將潘麗寶封口的機會了。就算要逃到房間外，現在潘麗寶已經起身，立刻被她追上的機率比剛才高得多。

換句話說，自己在這支軍隊應該前途無望了。

「我最討厭不珍惜自己的傢伙。」

即使如此，這種話卻不知為何地奪口而出。

「啊——原來如此。我可以同意那番話。」

不知道潘麗寶是怎麼想的，她微笑了。

「話說回來，就算或多或少對自己管理的軍方備用品做出一些變態的行為，感覺以軍規而言倒不成問題。如果有損於性能就另當別論了。」

「妳們現在是上等相當兵吧。既然如此就要遵守士兵的規範。」

「呵呵。」

潘麗寶開心似的笑。

「原來如此。你在那方面表裡如一呢。是你的本性嗎？」

「並沒有，我不是為了道德或倫理才說這些。只不過那樣往後行事比較方便罷了。」

「就知道你大概會這麼說。」

嗯，感覺終於看到你在面具底下的臉孔了。」

她遮著嘴邊，卻無法盡掩嘻嘻的笑聲。

「該怎麼說好呢……你很坦率，但並不老實。」

「什麼話啊？」

「意思是，我很滿意。既然這是你的真實面孔，我就可以安心地將寶貴的家人託付予你。能探出我要的重點，那就夠了。」

「——沒那種事吧。」

費奧多爾忍不住問了不必要的話。

「剛才，妳應該有在這個房間發現我隱瞞了什麼樣的真面目。」

「是啊。嚇了我一跳，你在和善笑容背後，藏著不得了的獠牙。」

「算危險人物吧。」

「是啊。被憲兵發現感覺會鬧上一陣子呢。」

「既然如此，為什麼妳不多提防？」

「因為我還沒有問你啊。你在追求什麼，你想做什麼，把真面目隱藏到這種地步的你究竟是什麼人？耐人尋味。在得知那些以前，也無法做出是否該提防你的結論。」

「啊……那倒也是。」

費奧多爾坦然地點頭。

雖然好像有點不合道理，但他也不清楚具體來說是什麼部分。感冒造成的發燒似乎回到腦子裡了。思緒無法順利運作。

「我啊……我花了好幾年，一直在探尋祕密兵器的謎團。據說護翼軍都是用那張王牌來攔阻侵襲的〈第六獸〉。」

「就是指我們嗎？」

「似乎……是那樣沒錯。我終於找到自己探尋的東西了。」

相同的命題在腦裡繞來繞去打轉好幾次。停不住。自己。自己。自己的真實身分。目的。不能被人曉得。不過潘麗寶是當事人，感覺她有權得知……不，不可以，事情反了。正因為她是當事人，才應該瞞住她。

「我要解開祕密兵器的謎底，可以的話也要把東西弄到手才行。」

費奧多爾深深地，吸了一大口氣。

「**為了讓懸浮大陸群墜落**。」

身體一個不穩，倒了下來。

靠著淺薄亢奮而強行活動的身體，沒兩下就超出極限了。好比根部被斧頭砍倒的大樹，直接倒在床鋪。

「……傷腦筋。身體真的疲軟無力。」

「剛才太逞強了吧。來，將棉被蓋好。」

潘麗寶硬是用手臂將費奧多爾按到床上。原本掀開的棉被，被她輕輕地蓋上。

「你應該是懷著許多想法活到現在的。我不會隨口表示自己懂你的心情，但至少我會尊重。不過——」

冰涼的手摸了摸費奧多爾的額頭。

「你現在似乎是累了。別想任何事，只管休息。」

「……我比妳年長才對，別把我當小孩。」

「病人哪有分大人或小孩。偶爾像這樣也不錯吧。」

不錯嗎？大概不錯吧。冰涼的手感覺好舒服。舒服就是好事。大概。

費奧多爾閉上眼睛。

意識受重力牽引，逐漸沉到枕頭底下。

「那麼。」

冷淡而又溫柔的嗓音。

「這種程度的惡作劇，總不會被指為軍紀不彰吧？」

費奧多爾感覺到，似乎有某種溫暖又冰冷的東西碰觸額頭。

半進入睡夢中的他，已經無法分辨那是什麼。

發高燒時，尤其不會作像樣的夢。

†

一向都如此。

費奧多爾過去曾聽過解釋其原理的說法。據說是因為腦部在面臨痛苦的問題時，會摸索過去的記憶來找尋求解法。跟所謂的跑馬燈是同樣的道理。之所以夢不到像樣的內容，理由似乎是逃離痛苦的方法就藏在痛苦的記憶當中。

無所謂。

反正也不曉得是真是假，知道了對人生亦無助益，更無法撫慰目前實際作惡夢的自己。

就這樣，費奧多爾正在作夢。

夢裡的他，人在十三號懸浮島。

儘管那是在現實中早已毀滅的懸浮島，但在夢境中不同。淵遠流長的商人之都，艾爾畢斯集商國仍一副理所當然地興榮於那座島上。

縱非如此，那裡仍是屬於富人的國度。倘若是在首都的上流住宅區（Higher Town），就能目睹整片與他處宛若隔世的暴發戶品味。道路別說供馬車通行，甚至無謂地寬敞到讓人懷疑是否會有飛空艇擦身而過，左右兩旁的宅邸爭相裝潢比奢，實在不堪入目。

費奧多爾最為不滿的是，自己的家就位在這塊上流住宅區的正中央一帶。要是不穿過這條品味惡劣的街道，就哪裡也去不了，也無法見任何人。

『費奧多爾，你討厭家裡嗎？』

那名少女突然現身在他的眼前問。

沒錯，這女孩是父母之前替他決定的未婚妻。

在那之後已經過了五年。然而，夢中的少女卻依然跟幼時一樣。

只有手腳裹著毛皮，還長了尾巴，貓一般的耳朵長在頭頂，有著半吊子返祖現象的貓徵族。

——討厭透了。

——倒不如說，我對無徵種本身就沒有好感。

印象中，這是他實際對她講過的話。

記得她當時的回答是……

『明明你也是無徵種耶。』

——明明我本身也是無徵種，但我就是討厭。

少女「唔～」地陷入沉思。

『那我呢？』

她那麼問的時候，頭上的耳朵微微地搖了。由於彼此已經有相當的交情，當時的費奧多爾早就看穿那是她在緊張時會有的習慣。

——妳怎麼看都偏獸人吧。

『那麼，你喜歡嗎？』

——我覺得不討厭就是喜歡的短淺思考方式，並不是好事。

『那麼，你討厭嗎？』

哪門子的二選一啊。

『呃，那就把這個當成作業！下次見面以前，要先想清楚！』

啊，對了，她有那樣的習慣。

每一次見面，肯定都會在告別之際互許約定。比如要讀蔚為話題的熱門書籍；要準備交換用的禮物；將盤上遊戲的輸贏中途打住，並宣稱下回再續。

所以，費奧多爾每次跟她見面都覺得有點麻煩，而又十分開心。

場面改變了。

『之前提過的那項計畫，要進入實施階段了。』

記得那是在家人圍繞著餐桌吃過飯之後。

難得露出緊張臉色的姊夫，只有告訴費奧多爾一個人。

『接下來，我們艾爾畢斯國防軍會做出相當危險，而且絕不會被容許的事。然而，那是為了艾爾畢斯這個國家——不，那是為了懸浮大陸群的未來，無論如何都必須做的事。』

——那樣的話……還真誇張呢。

記憶裡的費奧多爾傻眼似的說道。

『誇張是難免的。因為真的茲事體大啊。』

姊夫以絲毫感覺不到遲疑的語氣，斬釘截鐵地斷言。

『我們不能一直甘於被保護。

目前懸浮大陸群將對付〈獸〉的任務全交給護翼軍包辦，已經快忘記〈獸〉有多可怕了。忘記可怕比任何事情都可怕。那會讓原本慎重的人變輕率，原本謙虛的人變傲慢。因此，非得用盡量不流血的形式，讓大家想起〈獸〉的可怕之處才行。這樣一來，人們就會記得要感謝護翼軍。自然也會曉得要收斂自己的爪牙才對。』

姊夫所說的話很複雜，年幼的費奧多爾不太能理解。

不過，那應該是非常正確，非常難懂，也非常帥氣的一番話吧，唯有這點他可以理解。

——為什麼你肯那麼努力呢？

當時，費奧多爾對艾爾畢斯那些人當然是反感的。包括厭惡無徵種而予以排斥的族群，還有只想跟同類團結而鄙視外界的那些無徵種。

特地為那些人拓展未來，感覺實在沒有什麼意義。何況優秀的姊夫根本沒必要為此拚命。費奧多認為，活著比成就大事更重要。

他這麼一說，姊夫回答『人各有志啊』並看似開心地笑了。

『比自身性命更重要的東西，應該沒那麼多才是。不過呢。正因為如此，能找到那種東西的人既是幸運，也是幸福的。

順帶一提，我可是懸浮大陸群最幸福的人。』

姊夫亮出牙齒說了這種話，可是費奧多爾不太能體會他在表達什麼。

『哎，話是這麼說啦，當然也會有一些讓人胃痛的狀況。有幾個手握議員席次的商人竄改部分計畫，還擅自指使部分空軍行動。像那種事情真的叫人頭痛，害我們都沒勁了。』

對於這段牢騷，費奧多爾大致聽得懂意思。

既然發生那種狀況，正常來想，他覺得姊夫就算對所有事撒手不管也是可以容許的。

——就連堂堂的軍團長大人，也敵不過掌管錢包的任性財主嗎？

費奧多爾無心地這麼嘀咕以後，姊夫就露出困擾的臉色，嘀咕著回嘴。

『別那麼說啦。』

場面改變了。

『費奧多爾，我討厭你！』

費奧多爾被那個女孩討厭了。

從認識以後過了兩年。當時費奧多爾十二歲，那女孩九歲。

他回想。對了。那一天，他們在吵架。

雖然不記得理由，但他覺得是導因於無關緊要的事。比如煎蛋要淋的醬料種類。喜歡的零食品牌之類。

常有這種事。正因為兩人感情要好，才會誤判不該跨越的容忍線。

不過，那對要好的兩個人來說是理所當然的洗禮。這麼一來，彼此都會學到一次經驗。下回見面時，就會懂得多用一點技巧讓關係和睦。自然就可以縮短雙方的距離。

『我不想再見到你！』

那女孩說完以後，就跑掉了。

當時，費奧多爾並沒有任何擔心。

這種狀況並不算罕見。或許是無法跟真正家人撒嬌的反作用吧，她常會對費奧多爾耍任性。而費奧多爾要是無法好好應付，立刻就會壞了她的心情。

何況要是照平時那樣，她的心情恢復得也很快。恰似她貓咪般的外表。

反正到了下星期，兩家人就會一起舉辦上流餐會。屆時就算不想也會跟她再見面。瞞著父母偷偷地帶一塊蛋糕當伴手禮好了。她最喜歡的，塗了滿滿奶油再擺上草莓的那種。心情肯定立刻就能恢復，她會像平時一樣露出笑容——費奧多爾悠哉地這麼認為。

因此，他當然沒有談到要再見面的事情。

更沒有提到下次見面前要先做什麼的約定。

費奧多爾想都沒想過，之後他將會為此懊悔。

場面改變了。

「接下來，我們要處決有意將世界導向滅亡的大罪人！」

牛頭獸人扯開嗓門。

聚集在廣場的群眾與之呼應，發出了吶喊。

廣場中央設了特地用木板搭成的獻祭台。那應該是急就章製作出來的玩意兒，但似乎是因為顏料的關係，顯得格外亮眼而令人印象深刻。

還有，在那座獻祭台上頭，綁著一名沒有意識的額眼族男子。

那是誰啊？費奧多爾心想。

感覺是個十分熟悉的人。幾乎每天都會見到面……儘管國防軍工作變忙以後就沒有那樣了，但他還是常常找機會回來家裡……好像是那樣的一張面孔。

然而，費奧多爾並沒有把握。

畢竟……總不會那樣吧。

他是自己引以為傲的姊夫。既強壯又聰明，在任何時候都正當且自信滿滿，受到所有人期待，同時也漂亮地回應了大家的期待，令人喜愛令人景仰，總之，他是個厲害到讓人懷疑「現實中有這種人存在行嗎？」的姊夫。

因此，費奧多爾自然不可能相信。

他的姊夫居然會全身瘀青地被拖出來示眾。居然會一身承受現場聚集的眾多市民所投以的憎恨與咒罵。

費奧多爾實在無法接受這是現實的光景。

「此人觸犯了懸浮大陸群最高的終極禁忌，讓我們的友邦科里拿第爾契遭受了前所未有的危機！他那無可赦免的罪要用鋒刃與火焰淨化，願他汙穢的靈魂能淨化升天！」

根據牛頭所述，那名罪人**擅自**打破名為大陸群憲章的重要法律，將危險的〈獸〉帶到了懸浮大陸群。還將其散布到其他城市，致使眾多市民喪命。儘管〈獸〉最後被護翼軍出動人力討伐了，已逝的生命卻不會回來。這是不可赦的大罪——如此這般。

他說著冠冕堂皇之詞，並且揮舞手上的大旗。

「淨化隊，上前！」

士兵們手裡各拿著凶狠的兵器，井然有序地走進了廣場。

他們身穿儀禮用的金色甲冑與黃階法衣。手持的長柄前端各附有象徵著不同淨化的矛、鐮、鋤、斧四種器械。只有最後一名士兵不拿武器，而是帶著點燃的火把。

群眾的聲音裡，混入狂熱的歡喜情緒。

這算什麼？

這是在做什麼？

費奧多爾用雙手蓋住臉。然而雙眼卻確實地睜著，打算將獻祭台上的人物，還有即將發生於那裡的事情毫不遺漏地記憶下來。

——比自身性命更重要的東西，應該沒那麼多才是。

——正因為如此，能找到那種東西的人既是幸運，也是幸福的。

之前聽過的那段話，在腦裡迴響好幾次。

姊夫一向是對的。他沒有背叛自己所說的話。一旦說出口就會堅守到最後。費奧多爾知道那一點。姊夫為重要的事物拋棄了性命。此刻即將在眼前進行的處決，是姊夫早就做好覺悟要接納的事。這是正確的。

既然正確，自己也非得接受才行。

再怎麼覺得不合理。再怎麼感到憤怒。自己都不能為了那些情緒，讓姊夫的覺悟白費。

「第一刑手，動刑！」

第一名士兵邁步向前。

長矛被直直地舉向藍天。

群眾的歡呼超越極限。

世界為之沸騰。

這是姊夫想救的世界。

這是姊夫一直保護著的世界。

——姊夫——

呼喊的聲音，沒有傳達到任何地方，沒有在任何地方響起。

矛鋒殘酷地直直奔向綁在台上的那名人物——

†

「姊夫！」

費奧多爾聽見那句大聲的呼喚，醒了過來。

他用右手捧住怦通怦通吵個不停的心臟。

啊……原來真的有被自己聲音驚醒的狀況。無關緊要的瑣事讓他稍微有所感佩。

說來說去，大概是因為睡了不少時間的關係，感冒症狀好得差不多了。然而，有別於感冒造成的不適，他覺得非常不舒服。

費奧多爾作了懷念的夢。

懷念歸懷念，可是，那全都是他不想記起的情景。

費奧多爾才沒有忘記他們的事。他一直都懷在心裡。然而，這與那是兩回事。像這樣回想起來，無論如何都會讓他想起當時的痛苦。

苦澀的情緒從胸口湧上，他硬是用感冒病患那種帶著獨特怪味的口水將其嚥下去。

「……我明白，我明白啦。」

比自身性命更重要的東西沒那麼好找。能找到那種東西的人既是幸運，也是幸福的。姊夫的話一向正確。姊夫是甘願受死的。

即使有這層理解，費奧多爾無論如何還是會想到。那時候，假如自己懇求姊夫別死，他會聽進去嗎，未來會有稍許改變嗎？

五年前，一般只被稱為「艾爾畢斯事變」的〈獸〉群襲擊事件，是從十一號島的大都市遇襲開始的。損害被控制在最低限度的這項事件，在政治上定調為當時的艾爾畢斯國防軍軍團長——費奧多爾的姊夫獨斷發動的侵略行為，並藉由將其處決而獲得了表面上的了結。

另外，事情的了結當然純屬表面。在國際交涉的舞臺上已經無人相信艾爾畢斯市，市民幾乎天天引發暴動，知名的商人飛快將根據地遷往其他都市以後便從此裝聾作啞。連那樣的日子都沒有持續多久，半年後，艾爾畢斯國就連同十三號懸浮島一起被〈第五獸〉溶化消失了。人們認為八成是前軍團長藏在市內某處的〈獸〉逃出來所造成的結果。

在那段日子當中，費奧多爾·傑斯曼失去了一切。

失去家人。失去朋友。失去財產。

失去了跟所有想見的人之間的聯繫。

「姊夫找到了想保護的東西，或許是幸福的。」

費奧多爾懷著無法忍耐的情緒握緊拳頭。

「但是，就算到了現在，我還是沒有釋懷。」

認為朝哪裡出氣都好的他想揮下拳頭——

費奧多爾發現了。茶几上擺著什麼東西。

點亮燈定睛看去。是小巧的午餐籃。打開來一看，模樣比之前醜了許多的三明治塞在裡面。

順帶一提——因為感冒讓鼻子失靈的關係，他發現得晚了——不知道為什麼，房裡瀰漫著刺鼻的神祕異臭。

這什麼鬼啊？

籃子裡附了對折的卡片。他隨手抓了一個三明治送到嘴邊，並過目卡片上的文字。

『要趕快好起來』

是筆跡有點粗枝大葉，手寫的一行字。

仔細一看，卡紙的邊緣被墨水弄髒了。

看到那痕跡，隱約可以聯想到某個情境。綠髮少女面對空白的留言卡片，抱頭苦思該寫什麼內容的模樣。寫得太用心似乎會被誤解而令人不甘，大概就是想到這一點，她才故意把筆跡寫得不端正吧。感覺那女孩就是會做那種事。

費奧多爾啃了一口三明治。難以形容的酸味在口中擴散開來。

迎合獸人的發酵食品。

難吃。

不過習慣以後，就會讓人上癮的滋味。

「所以說……」

原因不明的淚水滴了下來。

大概，不，肯定是這味道強烈的三明治害的。沒錯，肯定是如此。畢竟除此以外，自己現在沒有半點落淚的理由。

「……我不是強調過，吃這玩意兒的時候，要注意用量嗎……」

「朝著憧憬的背影，追了又追」

-her blind alley-

1. 白日之夢

——三十八號懸浮島港灣區塊，戰略艇「蕁麻」艇內。

最新銳的飛空艇，充滿了最新銳的機械結構。

咒燃爐配置方式有異，隔離區的位置也會跟著改變。平衡翼的數量及位置不同，用來管理它們的裝置形狀也會有所區別。大量管線無分粗細都跑在狹窄的通道上，光從外表完全看不出當中運行的東西是什麼。

以往的飛空艇知識幾乎不通用。

再怎麼老練的跑船人，在這種狀況下也只能舉雙手投降。別說飛上天跟〈獸〉作戰，光是規規矩矩地從港灣區塊起飛就費盡工夫。

還有最恐怖的一點。

這艘怪物級飛空艇是內容物要另外加購的零售商品。

它沒有專屬乘員，得靠分發到這艘艦艇的第五師團自己想辦法運用。
這項藝術品如何啊只要好好地發揮出它的性能無論是〈獸〉或任何敵人肯定都能輕鬆解決喔請你們加油吧——每當接觸到艇內的各個角落，似乎都會看到設計者笑容滿面地如此誇耀。然後便讓人想豁出全力朝幻覺中的那張笑容揮拳痛毆。

昏暗通道的一端。
「真受不了，別開玩笑了……」
紫小鬼維護士一邊嘀嘀咕咕，一邊揮起扳手。他鏗鏗鏘鏘地敲著跑在通路牆上的一條管線。用耳朵貼牆聽回音。
「聲音斷在裡面表示這條是動力管線。若跟操控系統有關，就不能隨便亂動……」
「你在做什麼呢？」
近得足以呼氣在耳朵的距離。
忽然有女性出聲搭話，紫小鬼連忙回頭。
「……哎，搞什麼，原來是妳啊。別嚇人啦。」
「對不起，因為你一直很專注，我找不到搭話的時機。所以說，你在做什麼呢？」

「啊，我在摸索這些東西的底細。」

紫小鬼說完便敲打管線。「鏗」的清脆聲音。

「設計的傢伙都知道哪裡有什麼所以不成問題，但現場人員沒掌握清楚可就關係到性命了。所以我打算盡早探個究竟。」

說完，他輕輕地晃了晃左手五顏六色的繫繩。就是要將這些一條一條綁上去，用顏色來區分管線的內容物吧。

「沒完成這道手續，實在恐怖得讓人不敢飛啊。」

「弄完這些就能飛了嗎？」

「哎，頂多可以做基礎飛行啦。要用在實戰上，所有乘員都必須經過相當訓練吧。」

「那樣一來，連〈第十一獸〉都能打贏嗎？」

「沒人能保證那種事情啦。不過，我想應該會打得有聲有色吧。畢竟動力和武裝都是沒話說的一級品。」

紫小鬼將目光轉回牆面和管線，然後如此評價。實際上，單純從性能的數字來講，它會是強得可怕的一艘艦艇。

對於設計者，紫小鬼當然想把他掐死。

不過那碼歸那碼，身為一名技術人員，難免會有個念頭。希望能看見這艘飛空艇用全力在天空翱翔的姿態。

「嗯。」

女子隨口應聲，紫小鬼聽了露出苦笑。哎，沒辦法。自己這種念頭算是浪漫情懷。他明白不是任何人都能有所共鳴。

「哎，關於那部分，眾武官會比我們還……」

紫小鬼回頭。

沒有任何人在。

「哎呀？」

他在通道東張西望看了一圈，還是沒有任何人的身影。

對方膩了嗎？

哎，沒辦法。連以此為本行的自己，都覺得這是樸素而無聊到讓人想發飆的工作。外行人看了絕不會認為有意思吧。

「難過喔。」

做維護士這一行必定會碰上的，常有這種事。要特地計較就做不來了。因此，他喀喀地活動肩關節，又回頭忙工作了。

鏗。

紫小鬼豎耳聆聽響起的聲音，探尋眾多管線的底細。你是來自哪裡的哪一位啊？你連接了哪裡跟哪裡，是負責什麼工作的管線啊？

——紫小鬼維護士沒有發現。

他該問清底細的，並不只眼前這些管線。對於方才親暱地講話的對象，那個消失於眼前的女子，他並沒有發現自己完全不認識對方。

2. 繼承者們

睡過一晚，費奧多爾認為感冒好了。

不適感與關節的疼痛都沒有留下。

要像平常那樣活動似乎也不成問題，但因為軍醫吩咐他為求保險得再休息一天。不得已，費奧多爾決定請一天假。

話雖如此，既然身體狀況恢復了，他也不想無所事事地躺在房裡。但就算這樣，休假中的人在基地內遊蕩也不好。

他總覺得自己好像忘了什麼重要的事。

還覺得好像非得找某個人談談才行。

然而記憶卻無法順利取出來，那是想從乾掉的沙子裡發掘什麼的感覺。一挖就有沙子流進來，剛以為窺見片鱗半爪的記憶，又立刻被掩蓋了。

「……哎，大概不是什麼要緊的事吧。」

像這樣思量的過程中，並沒有稱得上焦慮的情緒湧現。

不，何止如此，甚至可以感受到類似平靜的心情。

代表說，最起碼可以判斷那應該不是什麼緊急的要務。假如真的有必要，之後還會再想起來吧。

額頭上隱約留著像搔癢也像溫暖般的奇妙感覺。這倒是讓人有點在意其由來。

「呼啊啊啊……啊。」

費奧多爾打了一個大呵欠。他在想要不要到久違的街上。

沒必要專程申請外出許可。基地後頭的鐵絲網，目前仍然開著沒補好的大洞……而且，恐怕直到這座基地結束任務的那一天，那個洞都不會補好。

†

費奧多爾瞇細眼睛，靜靜地盯著那張告示。

然而再怎麼看，寫在上頭的現實也不會改變。看來並沒有安裝毫不眨眼地盯著三十秒，文字內容就會改變的嚇人機關。

『長期以來，感謝各位的光顧。』

四邊的漿糊似乎沒有塗好，右上角已經掀起。『長期以來』那附近的字正迎風招展。只要這張紙吹走，這家店是不是就會再次開張呢?應該不會。不會有那種事。沒錯。費奧多爾告訴自己，要接受現實，然後失望地垂下肩膀。

「因為如此，今天沒有甜甜圈。」

費奧多爾在平時那間廢棄劇場的上頭斷然宣布。

一如往常地待在那裡的緹亞忒朝他看了一眼，哼聲回應：「嗯。」接著就把目光轉回街上了。

「怎樣啦，反應還真平淡耶。」

「畢竟我早就知道啦。前天去買的時候，店已經收了。」

「什麼嘛，原來是這樣。」

沒意思，費奧多爾心想。

品嚐美食的喜悅能彼此分享，到底是件愉快的事。

費奧多爾以為緹亞忒也能跟他共有那種感覺。

因此，他以為緹亞忒聽到沒有最重要的甜甜圈，應該會跟剛才的自己一樣失望。

「……這座城鎮，變得越來越小了呢。」

緹亞忒用茫然的語氣嘀咕。

「我們幾個一開始來到這座城鎮那天的事，你記得嗎？」

「假如那是指被妳要求『忘了妳』那一天的話，我記得。」

「啊哈，這麼說來好像是耶。」

她笑了笑又說：

「那一天，我打起勁心想『要保護這座城鎮喔！』後，就到處去溜達了。滿多小有意思的店耶。比如賣奇怪陶器的店、任客人看到滿意的舊書店，還有潘麗寶似乎會喜歡的玻璃藝品店。」

雖然不知道她為什麼會在這時提到潘麗寶的名字，不過那大概不是該確認的細節。

「那間舊書店不見，也讓我滿受打擊的。他們有成套的威爾霍納奇亞·特耐斯畫集。」

「咦，我不認識耶。那是誰？」

「年代較早的貓徵族美女圖畫家。」

費奧多爾「唉」地發出沉沉的嘆息。

「那是位可以將光潤的毛皮美妙地呈現在筆下的大師啦。我覺得帶一堆那樣的書到營房也不好，就沒有買齊。現在覺得有點後悔。」

「……哦，這樣啊。」

奇怪。剛才這段對話應該是在對「城裡變得冷清令人難過」的失落感產生共鳴才對，屬於長官和部下間的溫馨交流時光。

然而或許是心理作用吧，費奧多爾越講越覺得自己跟緹亞忒的距離變遠了。

「那真的是很棒的畫作耶！」

「哦，這樣啊。」

糟糕。距離正一味地變遠。

腳邊的燈號閃爍發光。緹亞忒也已經對此熟悉，就迅速起身往旁邊稍微挪了位置。間隔片刻，先前少女所在的位置便噴出大量蒸氣。

「熟悉以後，這也滿好玩的耶。有種城市在呼吸的感覺。」

「我倒是沒那樣想過。」

緹亞忒當場重新坐下來，然後打開旁邊的籃子，從裡面拿出甜甜圈大口咬下。她就這麼一邊嚼著一邊說：

「這座城鎮就像精細的玩具一樣呢。你想，不是滿常見的嗎。本身是人偶的玩具屋，但是每天到了固定時間，內藏的機關就會讓居民出來跳舞。類似那個樣子。」

「等等。」

「……啊～或許就是因為這樣吧。住的人逐漸變少，會有零件逐漸短缺的感覺，冷清度倍增。」

「呃，我叫妳等等。妳拿在手上的是什麼？」

緹亞忒賊賊地露出邪惡笑容，朝這邊看過來。

「你會在意？」

「當然會！咦，怎樣，難道附近有我不曉得的其他店？」

「很遺憾，這是非賣品～」

她從籃子裡拿出另一個甜甜圈遞過來。費奧多爾湊近收下。接著，他直接坐到緹亞忒旁邊。

「這是昨天我拜託菈琪旭幫忙炸的。因為她跟廚房的那些阿姨很要好，就算稍微公器私用也不會有人說話呢。」

「……那樣做，其實就違反我們的軍規了喔。」

「沒穿幫就好啦，沒穿幫嘛。還是說，你又要秀一段『被我發現就不行』的台詞？」

費奧多爾將目光落在手上的甜甜圈。略焦的金黃色。輕輕灑在上面的粉末，大概是用火炒過的某種植物種子吧。感覺好吃到不行。

「嗯，我什麼都沒看見，也什麼都沒聽到。」

「就知道你會這麼說。」

緹亞忒開朗地說完以後，就把手裡剩下的半個甜甜圈像變戲法一樣地迅速清掉了。

費奧多爾並沒有對抗的意思，但他張大嘴巴，大口咬下自己手裡的那個甜甜圈。

「……唔哇。」

「棒透了對吧。她小時候在附近的麵包店打工過。現在啊，只要是用麵粉做的菜色，在六十八號島沒人比得上她！」

在懸浮大陸群的浮島中，大到一定程度就會被賦予編號。數字越小越靠近中央，越大就越靠近外圍。排到六十八號島，就算是相當偏僻的鄉下了。

「那是什麼樣的地方？」

「嗯？」

「妳剛才提到的六十八號懸浮島。那是妳們的故鄉吧？」

「與其稱為故鄉……哎，差不多是那樣沒錯啦。你想知道？」

「我對於在什麼樣的環境會培育出妳們這種個性有興趣。」

「什麼話嘛。」

緹亞忒笑了笑，然後開始述說。

位於森林裡的老舊木造建築。通稱妖精倉庫。從落成以後過了多少年，已經沒有人曉得。時時都聚集著大約三十名的年幼妖精。目前照顧那些孩子的，是一個女食人鬼。她始終都靠著自己的纖瘦手臂（但力壯無比）在支撐妖精們的生活。時而溫柔，時而恐怖，還有著讓人覺得差不多該考慮年紀的少女品味。由於倉庫預算有限，她們這些妖精穿的便服幾乎都是由那位食人鬼縫或織出來的。多虧她展露的品味，整體看來實在可愛。明明女孩子要穿那種衣服，也會有適合跟不適合的區別。真氣人。

「呃，妳們全都適合吧，要穿可愛衣服的話。」

「……可以隨口講出這種話還挺帥的啦，不過一想到是出自你的嘴巴就沒感覺了。」

「不不不，就算我是墮鬼族，也不至於只會說謊話或奉承話啊。」

「不對，跟種族沒關係，我對你的模範生語氣全面性地無法信任。」

「緹亞忒，妳有時候會講出很殘忍的話耶。」

緹亞忒繼續述說。

雖然也有幾個妖精比她年長，但大多數都比她小得多。她們還沒有變為成體，不能上戰場。每個孩子都囂張氣盛而且前途有望。優蒂亞活力十足；瑪夏非常聰明卻很討厭讀書；阿爾蜜塔還小就懂得照顧妹妹們；迦娜喜歡惡作劇，老是被妮戈蘭（好像是剛才提到的食人鬼名字）打屁股。

緹亞忒停不住。

走一小段路，在獸人居住區就有她們最喜歡去的映像晶館。在那裡看到的島外各色城市讓她神往。其中只有科里拿第爾契是她好好地遊賞過一番的，實在好開心。她還想去，也有想見的人在那裡。

然後還有，然後還有……

「…………咦？」

緹亞忒的話中斷了。

從翠綠色的大眼睛，溢出了一顆淚珠。

「啊，哈哈……等我一下，很快就會停了。」

她猛揉眼睛。

「討厭……我想起了好多事情……」

淚珠接二連三地，撲簌簌地湧現。

「借給阿爾蜜塔的書還沒有要回來……我也跟優蒂亞約好要一起去看星星了……而且和迦娜的比賽，還沒有分出勝負……」

每想起一件事情，就有一道淚珠落在銅板上。

啊——什麼嘛，原來是這樣，費奧多爾心想。

他一直以為這女孩做好了殉身的覺悟。

他以為她早就完全放棄活下去了。

不是那樣。她只是設法不讓自己想起自己還想活下去的理由罷了。一項回憶一道淚。

回憶不止淚不止。

「……總覺得，我該向妳道歉。」

費奧多爾開口賠罪，然後遞了手帕。

「幹麼道歉。」

「我問了不得體的問題，害妳想起難受的事情。」

「什麼叫不得體啊，我在講自己的家人耶。」

「果然不得體嘛。」

「什麼話。」

緹亞忒笑著搶走手帕，把那湊到眼睛旁邊。只見白色的質地逐漸變色。

「……欸，我可不可以再講一句不得體的話？」

「嗯，我會聽妳說。」

「謝謝……我啊，還是覺得，死掉這件事，好恐怖。」

沉默。費奧多爾不知道該對她說些什麼。

他足足花了十秒以上的時間思考，然後才回話。

「——在接納恐懼以後，還敢挺身面對，似乎就叫作勇氣喔。」

這是過去從事事都正確的姊夫口中聽來的話。

「無論如何都覺得自己的命才重要，是合情合理的事情。正因為如此，人們在找到比性命更重要的東西時，就會幸福得超乎情理。」

費奧多爾避而不用自己的話來回答。

「勇氣啊。嗯，你說的那種心態感覺很重要。」
緹亞忒依然用手帕捂著眼睛，咧嘴笑了出來。
「嗯，謝謝你的建議。我……會試著加油。」
空虛的笑容。
「啊……」
「對了對了，這麼說來，我換個話題喔！」
費奧多爾出聲想搭話，在中途就被緹亞忒刻意加大的音量蓋過。
「我問你，你對菈琪旭有什麼感覺？」
思緒停止。
「咦？」
運作。
「呃，菈琪旭她啊，好像滿中意你的。從我的觀點，會覺得她的品味有點糟就是了，但我想身為好姊姊，還是要幫小妹實現願望吧。
你想嘛，她跟忽然就傷害自己的某個怪胎不一樣。在那方面是可以全面讓人感到放心的女孩子。所以嘍，你覺得如何？」

稍微帶著鼻音的快言快語。費奧多爾頓時挑眉。

「——什麼意思？」

「她感覺實在是個好女孩對吧。或許你會嚇一跳，不過那就是菈琪旭的本性喔。而且你也嚐過了，她的手藝就是這麼好。對男生來說，像她那樣的女孩子分數不是會很高嗎？」

的確，那倒是不能否認。

「換句話說，妳是要我當她的男友？」

「哦，一點就通耶。我會全力支持你們喔。」

「那是因為妳之前說的什麼學姊，在死前有了男人的關係？」

「有了男人……欸，你講的好露骨喔。雖然大致上並沒錯啦。」

啊哈哈哈——緹亞忒苦笑。

「等等，你怎麼會知道珂朵莉學姊的事？」

「我是妳的長官，有必要了解的事都會曉得。」

大謊話。費奧多爾是從當事人菈琪旭那裡聽來的。

「想變得像那個『珂朵莉學姊』一樣的不是妳嗎，為什麼妳要替她找男人配對？」

「連配對都講出來了，你越來越露骨了耶。」

「這是事實吧。倒不如說，要扯到那方面的事情，妳自己又怎麼辦？」

「咦，我嗎？」

愣住的表情。

遲了一點，臉蛋像炸開似的變紅。

緹亞忒像打旗語一樣地急忙揮舞雙手說：

「我……我的話，沒關係啦。我不像她那麼坦率，又不懂得體貼，既粗魯，又不可愛。保存期限還只剩三個月。」

費奧多爾對她的自我評價有不少意見，但是他吞回去了。

「……哎，既然妳要那麼說，就當作那樣吧。」

「好……好啊，就那樣。啊～感覺對心臟真是不好。」

緹亞忒深深地捂胸。原來談這些有那麼費勁啊？

「所以呢，剛才的話題是怎麼來的，妳為什麼要扯到菈琪旭？」

「唔～……哎，反正也不是什麼需要隱瞞的事。你知道瑟尼歐里斯嗎？」

「那當然。」

她的全名是菈琪旭・尼克思・瑟尼歐里斯。另外，照之前的資料來看，那並非單純的名字。

「那是與菈琪旭契合的遺跡兵器，對吧。」

「沒錯。而且，它曾經是與五年前死掉的最強黃金妖精，珂朵莉·諾塔·瑟尼歐里斯相契合的劍。」

……劍，原來所謂的遺跡兵器是劍啊？

「在我們四個當中呢，徒手的話可蓉是最厲害的。」

費奧多爾曉得。在每日的訓練中，他已經再三見識過她的體能了。有時甚至還親身體驗過。上週挨中的關節招式真的令人吃不消。

「要是可以用普通兵器，就會變成潘麗寶占上風。」

那他也曉得。她在持劍戰鬥時完全自成一格，卻展露了驚人的本事。

「不過，將魔力和遺跡兵器都用上的話，就完全是菈琪旭獨贏了。就算我們三個一起上，大概也招架不住吧？」

……那一點，費奧多爾就不曉得了。連想都沒有想到。

「所以嘍，在我們幾個之中，菈琪旭的待遇還是比較像王牌。因此她滿受重視的，我想她肯定會活得相對久一點。」

無力而缺乏內在的笑容。

費奧多爾第一次在這裡見到緹亞忒時，也看過那張灰暗的表情。

「憑我沒辦法。我再怎麼做都不能像珂朵莉學姊那樣。不過，菈琪旭或許就有可能。她或許可以用妖精兵身分度過美好的一生。所以，我想將自己辦不到的事，全部託付給她。」

「之後，妳打算怎麼辦？」

「明知故問。」

跟平時一樣，徒具外表的笑容。

「我只要盡我所能，做自己做得到的事就夠了。雖然我不能像學姊那樣，但只要鼓起勇氣，唯有一件事，我還是可以效法才對。」

——即使如此……到最後，為了保護重視的人們，她還是主動走向戰場。明知道無法再回來，她卻笑著走了。

「這樣啊……」

費奧多爾一面回想菈琪旭之前說的話，一面點了頭。

「你理解了嗎，那麼……」

大概是想當成約定的證明吧，緹亞忒把掀蓋的籃子推了過來。散發著迷人光彩的甜甜圈還剩四個，而且配料似乎都不同。先前吃的那一個可以保證這些都是頂級美味，感覺就算出賣靈魂也要吃到才行。

「抱歉。」

但在靈魂之外，有某種不能被出賣的東西從中作梗。

費奧多爾從軍服的口袋中掏出眼鏡，然後戴上。

「咦，為什麼，她可是超棒的貨色耶？」

「問題不在那裡。」

和菈琪旭拜託他照顧緹亞忒時一樣。

這種事情，他不可能擔下來。

「妳說要把心願寄託給菈琪旭。」

「嗯。」

「那我問妳，在妳犧牲以後，菈琪旭真的能向前邁進嗎？」

「那個嘛，沒問題的，沒問題的啦～」

緹亞忒說的「沒問題」像是在說服她自己。

「因為我們是妖精啊。比方說好了，就算裝在同一個防火箱裡，砲彈也不會特地去思考其他被發射出去的同伴吧。跟那個一樣。同伴死去或消失是正常的事情嘛。」

「是嗎。」

「就是啊。」

緹亞忒點頭稱是。

「那一點，在妳所說的學姊身上也一樣嗎？」

「當……」些許的遲疑。「……當然啦。」

啊，原來如此。

費奧多爾看了她剛才的表情，確認到一點。

他總算釐清自己看著這女孩時，所感受到的焦躁是從何而來了。

到頭來，緹亞忒·席巴·伊格納雷歐這名成體妖精兵——

「妳只是想要找個殉身的理由。」

近乎自言自語的一句話。

聲音小到連一旁的緹亞忒能不能聽見，都無法確定。

然而在那個瞬間，從費奧多爾背後吹起的風，似乎確實將聲音送到少女的耳朵裡。緹亞忒的笑容頓時染紅。

「什……」

「因為妳知道再怎麼追逐最喜歡的學姊所留下的偉業也沒用。因為你體認到自己沒辦法活得那麼有戲劇性又有意義。因為妳對於像那樣追逐夢想而活，也差不多感到疲倦了。」

「不是……」

「所以，妳找到了最起碼似乎可以效法的一項偉業，把那當成依靠。那就是『為了同伴們而挑戰贏不了的戰鬥』吧，只要那樣做，妳在活下來的人面前，就可以留下和學姊十分相似的背影而死。」

「不是你說的……那樣……」

緹亞忒的嘴巴開開闔闔。

從她的口中，擠不出任何話語。

「妳只是想把尊敬的學姊名字，用在戲劇性的自殺表演上面罷了。」

——沒有回應。

「妳有察覺吧，失去妳們以後，菈琪旭不會沒事的。或許她在外表上可以粉飾，但是在骨子裡，在內心還是會留下裂痕。」

「你憑什麼那樣說？」

「因為，我也有類似的經驗。

自己所重視的某個人，說是要為了什麼人的未來而死。當事人理應是滿足的，自己也非得接受才行。在腦子裡，的確是可以理解那樣的道理。只有腦子接受，但內心跟身體都沒有接受。」

費奧多爾穿插一句「那樣真的很難過」，然後又說：

「妳很了不起。因為妳只有扭曲到想自尋死路而已。我想，差別大概是在後來成長的環境吧——像我，就沒有辦法變得跟妳一樣。」

「……你在……說什麼？」

「我是說，世上也有蠢蛋沒辦法成長得像妳們那樣。

在那種人的眼中，會覺得妳們十分耀眼。明明跟自己有相同的遭遇，為什麼到現在還能珍惜同伴。」

他換了一口氣。

「還有，那種人也會對妳們感到傻眼。重視的人被奪走了，即使如此，妳們連憎恨些什麼都辦不到。明明內心一直以來受了那麼多的苦，為什麼卻還打算再重複一次那樣的過程。」

「那是因為……」

原本低著頭的緹亞忒，忽然像下了什麼決心似的用力抬起臉龐。

「因為學姊就是那樣做的啊。」

「又是那一套。我說過了，那只是妳用的藉口——」

「你又不認識學姊和威廉，不要隨便亂說。」

憤怒的聲音。

費奧多爾為之詫異。緹亞忒直到前一刻都還垂頭喪氣，現在卻有如準備上戰場的戰士一般，用充滿氣力與鬥志的目光瞪了過來。

「我還不成氣候，也常會犯錯，知道的學問並不多，學東西又慢，還不會作菜，長得更不算美，但學姊並不是那樣。假如我追逐學姊有錯，要怪的就是我，不是怪學姊。」

她像之前費奧多爾做的那樣，換了口氣。

「所以，你不要亂講話。」

費奧多爾打了寒顫，背脊有某種感覺。

他無法立刻辨明那是什麼。然而那絕不是正面的情緒才對，能知道的就只有這一點。

還有，他更明白要是再這樣對話下去，那種情緒應該很快就會變得無法壓抑而爆發。

「是嗎。」

費奧多爾起身。背對緹亞忒。

「那條手帕送妳，不要的話扔了就好。」

「咦，等……等一下，我還沒有跟你說完。」

他留下緹亞忒，拉開鐵門，走下樓梯。

背後傳來門關上的沉重聲響。

費奧多爾就這樣直接從廢棄劇場離開了。

他感到羨慕。

他感到嫉妒。

緹亞忒有最喜歡的人，還勇於追逐對方的背影，並且以此為傲。就算追上去以後是無處可退的深淵，就算她從最初就理解那一點，她仍有毫不止步地繼續向前的堅強決心。

費奧多爾也有憧憬的對象。然而那道背影實在太遠了。從處決那天過後，費奧多爾一次也沒有想過要以姊夫為榜樣。倒不如說，正好相反。憑姊夫做事的方式，並不能證明姊夫是對的。從費奧多爾體認到這一點以後，他就主動背棄了姊夫以前走的路。

——因為學姊就是那樣做的啊。

緹亞忒的那句話，讓費奧多爾的心焦躁不已。

†

費奧多爾是在舊礦山附近的炸雞攤販前聽見那陣爆炸聲的。

聲音來自背後，萊耶爾市的方向。在可聽見的範圍內，大小爆炸加起來有四次。全都是從不同方向，不同距離傳來的。

情緒再激動，時間經過以後就會沖淡。

因為賭氣的關係，費奧多爾沒吃到菈琪旭的甜甜圈。一想到那件事，肚子就餓。感到扼腕的後悔之意湧上心頭。即使腦子明白當時只能那麼做，還是難免會嘴饞。

但就算那樣，這時候要是吃其他甜食，感覺便輸了一截。

煩惱到最後，他的結論是改吃油膩膩的炸雞。

雖然得走到遠一點的攤販去買，不過口味重得像是將火直接塗上去的辛香料的刺激，應該可以讓舌頭麻痺到往後幾天都吃不出甜味。正好可以斬斷對甜甜圈的眷戀。

「怎麼回事……？」

費奧多爾在收下自己點的炸雞前一刻回頭。

「大概又是哪裡的管理機器失控了吧。」

攤販老闆說得悠哉，但是在費奧多爾耳裡，明顯能聽出剛才並不是那種聲音。那是用了火藥的引爆聲。

他一瞬間想到：難道是砲擊演習？當然不可能有那種事。雖然說居民已經大幅減少，萊耶爾市仍是座活著的城市。至少護翼軍並不會在平常時期，做出於市中心動用火砲的魯莽行為。

既然如此，可能性有兩種。

現在並非平常時期，那是護翼軍所為。

或者說，那是護翼軍以外的人所為。

……嗯。簡單來說，兩種情況的結果都一樣。此時此刻，在爆炸的那塊地方，恐怕有對護翼軍來說並非自己人的分子存在。

3. 沒有贏家的戰場

大音量的鐘聲正在響著。

護翼軍的聯絡鐘依敲法不同，所傳達的訊息也會有異。具代表性的有反覆兩拍跟三拍的「緊急因應訓練」，一拍和兩拍的「所有人回房待命」，第五師團的原創鐘聲則有連續敲兩拍的「餐廳庫存稀少故先到先贏」之類。

另外，沒有任何節奏，只是胡亂一直敲的時候，那就代表「事態緊急，全員進入三級戰備態勢」。

「費奧多爾．傑斯曼四等武官請示進入！」

「太慢啦，四等武官！」

費奧多爾一進總團長室，便遭到斥責聲迎擊。

「你不是在自己房間休養嗎，怎麼會拖這麼久？」

「我錯過了美味的甜甜圈，之後再請您訓示。現在狀況怎麼樣了？」

「市內有三處發生了爆炸事件。目前能行動的武官幾乎都派過去了，已經開始確認損害狀況以及救出受災的居民。到處都欠人手，忙得頭昏眼花。」

「您是說……有三處嗎？」

「紀念館地區的盡頭、東北七號地區將近變成貧民窟的那一帶，還有前麥基尼斯男爵私邸這三處。怎麼了嗎？」

「……沒有。請問能不能讓我看看地圖？」

作戰桌上，有市內的大地圖攤開放著。判別為爆炸現場的三塊地方，已經放了兼當文鎮的鉛製兵棋。

「有情資能判斷出下手的是什麼人了嗎？」

「不，目前還沒有能成為線索的情報——」

一等武官的話在中途一度停頓。

「你已經確定這不是意外事故了？」

墮鬼族被認為對謊言特別靈敏，且善於計謀。那並非什麼神秘的特殊力量，而是指他們整個種族都性格扭曲。

說來並不好聽，但大體上是事實，因此也難以反駁。而且他們的性格在這種地方意外管用，亦屬為難之處。

「顯然是人為的。剛才我在這裡時，有聽到四次爆炸聲。」

費奧多爾指出地圖上位於舊礦山旁邊的一點。

「……你怎麼會在那種地方？」

「我錯過了美味的炸雞。先不提那個了，爆炸聲並非只有三次。其中三處應該與圖上點出的這些地方吻合。至於剩下的那一次……」

費奧多爾像在畫直線一樣地在地圖上拉出一條紅繩。

「在這個方位。由於是回聲較大的地點，估計得較為粗略就是了。」

「沒人聽到有那樣的聲音。」

「應該是被其他爆炸聲掩蓋了吧。畢竟聲音相對較小，離這個基地也有距離。只要連聲音會晚到這一點都算進去，要讓爆炸聲重疊並不難。」

費奧多爾指出地圖上的基地，然後往其他爆炸位置找尋與先前拉的那條線之間的交點。

「當然，這只是打聽一下就會露餡的偽裝。但至少可以避免讓軍方一開始就成功出手干涉。」

「……為了什麼目的？」

「對方應該是想趁爆炸後的短暫時間，在不受軍方干涉的情況下做些什麼吧。要是有關於對方的線索，比較能過濾出他們的企圖……請問賽爾卓上等兵目前在哪裡？」

「我讓他以緊急聯絡員的身分在隔壁房間待命。那四員上等相當兵也在一起。」

費奧多爾稍作思索。

在地圖上，第四起爆炸發生的地點有三處候補。而且，費奧多爾在心裡幾乎可以篤定，當中有一處是機率最高的。

可是他看不出其中的用意。只是想爆破什麼的話，沒必要這麼大費周章地誘人耳目。對方到底想趁軍方轉移注意力的短暫空檔做什麼，這段時間能辦到什麼？

基本上，這座三十八號懸浮島就算放著不管也遲早會滅亡，在這種地方進行破壞工作有意義嗎——

「……難道說。」

三十八號懸浮島。

飛空艇「蕁麻」。

遲早會撞上這裡的三十九號懸浮島。

還有〈沉滯的第十一獸〉。

難道說，是那麼回事？

呃，可是……

費奧多爾認為不可能。他希望如此。然而一旦想出那個答案，感覺其他所有的可能性都失去現實感了。

不會錯。

雖然不知道是什麼人——雖然他目前仍希望當成不知道——但是會用出這種手段的，是個內心扭曲得連身為墮鬼族的自己都會為之戰慄的人物。

「一等武官，請您立刻做決策。」

「什麼決策？」

「接下來我要帶納克斯·賽爾卓上等兵前往港灣區塊。雖然要視現場情況而定，但恐怕有必要將五號、九號、十四號的區塊從島上切離。」

萊耶爾市的港灣區塊和市內一樣，本身就是一座工業品。為求增建方便，港灣本身是以眾多巨大區塊組合而成的。

換言之，只要把連接區塊的鎖鏈及地錨全部切斷，就能讓構成區塊的整塊結構物墜向地表。

「……啥？」

一等武官的目光落在地圖上的港灣區塊。它位在費奧多爾鋪設的紅繩底下，跟這座第五師團基地最初聽見爆炸聲的方向也有所重疊。

「你在說什麼，為什麼會從爆炸事件扯到將港灣區塊解體上面？沒經過市方許可，怎麼可能強行採取那種措──」

他的話停住了。

「假如我猜得不對，就是沒有任何壞事會發生的美好結局。然而考慮到萬一，現在必須馬上過去。」

「……原來是這樣啊。」

苦澀的語氣。

「所以說，你認為有人想利用〈第十一獸〉搞鬼？」

「是的。」

費奧多爾點頭──隨後。

走廊傳出有人奔離的腳步聲。間隔片刻。

「對不起，打擾了！」

力道強得幾乎要踹破門板，總團長室的門開了。

闖進來的是臉色慌張的可蓉，跟著是臉色蒼白的菈琪旭。另外，還有嘻皮笑臉地搔著後腦杓的納克斯。

平時看慣的面孔少了兩張。

「你們幾個！現在是緊急時刻，不准擅入總團長室——」

「緹亞忒剛才跑出去了！」

在可蓉所指的方向，有潘麗寶追著剛才腳步聲跑在走廊上的背影。她拐過轉角，一下子就看不見了。

「——莫非她……怎麼會這樣？」

「總團長先生，之前她一直在偷聽你們討論的事。雖然我們有阻止，可是她都不聽。然後，她剛才就突然跑掉了。」

費奧多爾聽完菈琪旭的說明，就理解狀況了。

啊，原來如此，是這麼回事。

這表示原本應該會晚一點來到的關鍵時刻，現在就來了。

這些妖精兵是第二師團託管的人手。費奧多爾・傑斯曼是因為有所必要才被指派的掛名長官兼監視者。一旦出事，她們就會脫離指揮，並且依照第五師團以外的意向擅自行動吧。

費奧多爾有料到這些。

他應該有料到才對。

「……上等相當兵未經正規手續而擅離職守，是被視為與臨陣脫逃相當的行為。」

費奧多爾從喉嚨裡擠出那句話。

「請……請等一下！呃，緹亞忒是因為……」

菈琪旭張開雙臂想主張些什麼。

「一等武官。」

費奧多爾問道。

「請問緹亞忒對於她們的遺跡兵器收藏在什麼地方知情嗎？」

「什麼？」

對方嚇到了。這是當然。以費奧多爾・傑斯曼四等武官的立場，並不能得知有遺跡兵器這種東西存在。

可是，要對這項不自然的地方予以追究，至少當下並非時候。

「這個嘛，緹亞忒上等相當兵是她們四員的代表。該機密倉庫的號碼，只有告訴她一個人。」

「我明白了。我想到有一些瑣事要忙，因此先失陪了。關於港灣區塊的解體負責人，我推薦由這裡的納克斯上等兵擔任。」

「咦，我嗎，什麼事情？」

納克斯疑惑似的問，費奧多爾卻不予理會，並且拔腿就跑。

「喂！慢……慢著，你要去哪裡啦！」

連回答都捨不得撥空。他朝著目的地，一直線趕去。

費奧多爾的背影消失在走廊彼端。

「……跑掉了。」

可蓉嘀咕。

「一……一一一等武官，那個，他……他們肯定是有很深的理由。」

菈琪旭慌慌張張地揮動雙臂。這樣一來，接在緹亞忒之後，連費奧多爾都擅離原本崗位了。在緊急時期的軍隊中，那應當是罪責不容忽視的行為。

「拿那個小鬼頭沒辦法。」

而一等武官只朝菈琪旭的慌張模樣瞥了一眼，就用裝蒜的口氣嘀咕：

「哎，目前情況如此，不得已嘍。既沒人手也沒時間叫他回來。等他回來以後，再慢慢說教吧……呃～賽爾卓上等兵。」

「啊，我在。有何吩咐，大將，決定要讓我做什麼了嗎？」

「沒錯。你現在立刻到市區內，把對港灣區塊熟悉的人找過來。有麻煩的話就算用威脅的也無妨。我們接下來要讓港灣區塊墜落。」

哦，原來如此，要讓港灣區塊墜落——納克斯微微點頭，然後又說：

「……您剛才是說什麼？」

「現階段推測要破壞的目標有五號、九號、十四號區塊。視進展狀況或許還會再增加。你到現場去，經判斷有必要的區塊一律令其墜落。

沒時間了。命令複誦可以省略，趕快去。」

「遵……遵命！」

鷹翼族或許是判斷這樣比在走廊上跑要快，便打開大窗飛了出去。一等武官及其他人默默地目送其背影。

「請……請問……我們幾個呢？」

一等武官無奈地搖頭，並且說道：

「妳們在這裡待命。現在得預先考量最糟的情況了。」

他將背深深地靠到了皮椅上。

†

——二十分鐘後，萊耶爾市，港灣區塊。

〈第十一獸〉會與接觸到的東西同化，然後成長。其速度極為緩慢，對還沒有接觸到的東西不會有任何威脅。

不過，這時候要是施加衝擊，同化速度便會爆增。比如光是用腳踩，至少就會讓鞋底困在裡頭。假如用劍劈，那把劍以及拿劍的手大概就會一起變成黑水晶。而且同化速度加快之後，過一陣子就會減慢，然後變回原本的速度。

那麼，要是可以對那樣的〈第十一獸〉施加大規模爆壓，會發生什麼後果？

費奧多爾抵達可以看見目的地的位置以後，總算才停了腳步。

他一邊調整呼吸，一邊環顧四周。損害狀況可以輕易看出。正如他所料。

嶄新到連樣貌都嶄新無比的飛空艇，戰略艇「蕁麻」。以其船腹為中心，已經有一半以上化成了黑水晶。而且此時此刻，構成船體的鋼鐵及緋重鋼仍發出彷彿爬滿了無數蟲子的聲音，持續遭到侵蝕。

恐怕是有人利用某次機會，將〈第十一獸〉的碎片設置於艇內的吧。

當然，倘若照情報所知的速度，〈第十一獸〉要神不知鬼不覺地將船同化到這種地步，應該是幾乎不可能的事。先前發生的爆炸，肯定是為了讓侵蝕加速。

侵蝕的速度快到顯而易見。要是照這樣放置不管，應該不用幾十分鐘，同化進度就會遍及港灣區塊的其他結構吧。

周遭沒有他人的動靜。

在港灣區塊中，這一帶也屬於艦艇出入格外少的地段。話雖如此，這個時間太陽仍未西沉，「蕁麻」周圍沒有任何人未免太不自然。

（……有血腥味。）

會呼救的人，應該都事先除掉了。如此一來，這裡發生爆炸的消息會通報得更晚，藉此就可以讓〈獸〉趁著空檔進一步和周圍同化。

（〈第十一獸〉嗎——）

縱使費奧多爾在天氣好的日子遠遠眺望過三十九號島，在這麼近的距離內細看，倒還是頭一次。

這傢伙會透過吸收衝擊的方式，讓同化加速。換句話說，要是有人予以砲擊或者用劍砍，成長就會相應地變快。既然如此，從發現以後還不到幾小時就惡化至此的現狀便能得到解釋。

劍。

這麼說來，緹亞忒有提過。她說菈琪旭所使用的遺跡兵器「瑟尼歐里斯」是一柄劍。那麼，緹亞忒用的武器該不會也一樣吧。雖然不曉得那有多大威力，難道在極近距離內用劍砍對手，就是她們那些黃金妖精的戰鬥方式嗎？

若是那樣，莫非……

費奧多爾開始妄想。

跑到這裡的自己根本沒趕上。緹亞忒早就從某間倉庫抽出自己的劍，來到了這裡。她催發魔力提昇體能，砍向在機艙一帶築根的〈獸〉。然而那樣的攻擊並不管用，〈獸〉自然就變得更為凶猛。

斬擊的威力會直接轉化成〈獸〉侵蝕的速度。曾為劍的武器在一瞬間化為黑水晶，質變的狀況遍及緹亞忒的手臂。她性情勇敢，應該會不吭一聲就試著應對狀況。但雙臂和兵器都已經被剝奪，要脫逃也無計可施。越掙扎狀況就越糟，最後在喪失肺臟的同時，出聲慘叫本身成了不可能的事，緹亞忒便在沒人知曉的情況下耗盡力氣，於無人的機艙中化為黑水晶雕像。她的嘴角肯定有著心滿意足的笑容——

「你真快耶，費奧多爾。」

妄想就此打住。

手掌被冷汗濡濕。費奧多爾一邊偷偷地用軍服長褲擦手，一邊抬起頭。

緹亞忒正從基地的方向接近而來。

在她手裡，有劍身幾乎可達少女身高的巨大長劍。從光澤來看似乎姑且是金屬製，但劍身不知為何帶著無數裂痕，讓人感到不安。

緹亞忒的表情十分平靜。

看不出自負、焦急或恐懼，什麼都沒有。硬要說的話，只有安寧般的情緒，正在黯淡的眼底微微盪漾。

「妳真慢，緹亞忒。」

看來似乎成功搶先一步了。費奧多爾暗自寬心。

「別那麼說啦，我費了滿多工夫才趕來的。」

不知道緹亞忒對他的心思是否知情，還故意用開朗的語氣說：

「要是將魔力完全解放用飛的，應該會更快吧，可是我對體力不太有自信，假如在緊要關頭累到沒辦法把『門』打開，就萬事休矣了。」

「潘麗寶應該在追妳吧。那傢伙怎麼了？」

「我把她甩掉了。照理說，她不曉得我的目的地是這裡才對。雖然遲早會發現吧，不過還有一點時間。」

「話說回來，我想妳應該有聽見，基地發布三級戰備態勢了。」

費奧多爾一邊維持悠然的姿態，一邊說道：

「我以長官的身分下令。緹亞忒．席巴．伊格納雷歐上等相當兵，現在立刻折回去等待指示。」

「不要。」

緹亞忒一邊說，仍沒有停下腳步。

她直直地向「蕁麻」前進。

費奧多爾抬頭挺胸，站在阻擋其去路的位置。緹亞忒的腳步總算停下。

「你讓開。」

「我也要拒絕妳。這裡是作戰區域，不能讓妨礙我軍戰鬥的分子通過。」

緹亞忒收斂表情，將劍舉起。

劍鋒指向費奧多爾。

「太無理取鬧的話，會受一點傷喔。先告訴你，被這個敲到挺痛的。」

「那我可不要。」

「既然這樣，你就乖乖看著。親眼確認以最高級魔力發動的攻擊對它有多少效果，再活用於今後。」

實際上，只考慮對付〈第十一獸〉的話，感覺那是個有用的提議。沒有比情報更棒的武器。為了護翼軍今後的戰鬥，為了其他分子的目的，盡量多取得敵方資訊是符合期望的。

若是為此，或多或少的損害可以正當化。

會遭到正當化。

「我想大概不會管用。不過那樣就好了。只要曉得憑我們的力量無法比肩，在正式對付三十九號島的〈第十一獸〉時，軍方對待可蓉和潘麗寶就會更慎重一點。與其照目前這樣，一次讓我們三個白死，那樣的結局好多了。對吧？」

費奧多爾將目光落在港灣區塊的地面。

這附近已經完全機械化，沒有留下半點土壤或岩地。彷彿用鎚子捶平的銅板層層交疊，只有用鉚釘胡亂鎖上。

「就不能讓妳、潘麗寶、可蓉還有菈琪旭都不戰而逃嗎。誰都不會想死，也不希望讓別人死吧？」

「不行喔。因為我們要是不死，會有好多人無法得救的。」

一瞬間，費奧多爾感到全身沸騰。

血液瞬間上湧，甚至讓視野變紅。

他想起艾爾畢斯的民眾。姊夫想捨命保護的那些人。同時，那也是想靠著奪走姊夫的命，來發洩某種怨氣的一群人。

「——考慮到懸浮大陸群往後的事，照妳所說的辦，效率應該比較好。」

「你能明白了？」

「為了我們的大義，那樣應該也比較方便。」

「雖然好像跟上一句話的意思重複了，哎，應該就是那樣吧。」

費奧多爾看得出來，她的眼睛微微在搖晃。

哪有像那樣一邊哭泣，一邊述說希望的人啊？

哪有像那樣一邊害怕，一邊鼓起勇氣的人啊？

妳可別以為說謊能贏墮鬼族。

「求求你，讓開。就算當成戲劇性的自殺或什麼都好，讓我去。」

緹亞忒的聲音裡夾雜著焦慮與不耐。

「我拒絕。」

「怎——」

「我啊，並不喜歡所謂的美談。」

費奧多爾一邊挑釁似的聳肩，一邊繼續說：

「無論是為了世界或別人都好，反正只要是為了保護那些，就讓犧牲者本人心滿意足地拋棄性命的美談，我從以前就討厭到極點。」

「莫……」緹亞忒扯開嗓門。「莫名其妙！快點讓開啦，沒多少時間了！」

「我的姊夫說過。這個世界還不值得唾棄。所以，當世界將他殺害以後，我就決定捨棄那樣的世界了。

——不過，我現在有了更重要的事要做。

比起挖苦死掉的姊夫，那是更應該視為優先的要緊事。」

費奧多爾將雙手，緩緩地張開。

站著的姿勢維持不變。

他將眼鏡摘下，然後甩掉。

「我決定嘍，妖精兵。無論是大義名分或大陸群的未來，那些都無關緊要。假如妳們要讓整支種族都成為美談的演員，假如妳們連不該保護的人都想保護，那麼，妳們全是我的敵人。」

費奧多爾緩緩吸氣，隨後吐氣。

他隨著胸口深處湧上的情緒，露出猙獰笑容。

緊接著，他靜靜地表示：

「我就是要阻擾妳們。」

「——哼！」

費奧多爾看見緹亞忒壓低身體，準備蹬地衝刺。

在那個瞬間，他的上半身已經往後仰。火焰爆開般的聲音「啵」地傳來，威力驚人的風壓重重地打在皮膚上。

（唔喔？）

他本來想用最小的動作閃避。而且那也實際成功了。

然而，對方比預料中湊得更近。極近距離內有龐大質量掃過，使身體像受到牽引似的浮空。

（什麼名堂啊！）

嘴角兀自繃緊。

或許繃成了笑容的形狀。

費奧多爾無法立刻理解剛才發生了什麼。可以看見幾根……不對，數量可觀的頭髮一口氣被風壓拔起，然後隨風飄散。

緹亞忒拉近距離，朝他揮了劍。

或許那表示她姑且沒有下殺手的意思，刀刃似乎是平擺的。先不論她手下留情的方式在這種節骨眼是否有意義。

（難道這就是……用魔力強化過的體能，不會吧？）

所謂的魔力，被認為是一種類似於毒素的物質。即使嚴格來講並非如此，在運作上還是可以用相仿的形象來示意，便是其理由。

粗略來講，那就是靠接近死亡所汲取到的能量。

原本就強壯或充滿生命力的人根本無法運用。

相反地，越是體虛衰弱而欠缺生命力的人，越能催發出強大力量。不過，只要走錯一步，使用者就會被那股力量吞沒而直接死亡。

因此，軍方普遍對魔力的認知，是將其當成弱小種族為了彌補與他族體能差異所用的技倆。說來雖不好聽，但就是頂多當成「弱者為抱一箭之仇的堅忍努力」來看。至少費奧多爾就算認同她們的本事，在心裡仍有個角落抱持著同樣的刻板觀念。

事到如今，他才體認到那是天大的誤解。假如在魔力受控制的狀態下就這麼強，失控後不知道又能發揮多驚人的力量。

「噫！」

儘管喉嚨發出不體面的驚呼，身體還是設法動了。緹亞忒淚汪汪地接連揮出凶殘的劍（只用劍脊），全被費奧多爾驚險地閃開。

而且每次閃躲，都差點被單純的風壓及威迫感震開。

嘴角越來越緊繃。冷汗冒個不停。

這不像平時的格鬥訓練那樣，沒有適當放水隱藏實力的寬裕，稍微鬆懈就會被劈中。要是被劈中，大概就完了。

好可怕。

然而，不可思議的是，費奧多爾沒有想逃的念頭。

「我終於明白自己的想法了。」

他挑釁似的喊話。

「對於妳那個叫珂朵莉・諾塔・瑟尼歐里斯的偉大學姊，我就是覺得不爽。

因為那傢伙幹了蠢事，還選了愚蠢的死法，學妹在誤解以後就學起了那些蠢事。她必須負責任啦。妳說對吧？」

「…………」

緹亞忒的表情似乎變了。

臉上依然哭成一團，眼神裡則混了些許的冷靜。

不明的威迫感逼得費奧多爾稍微後退。他並不懂咒脈視這種方便的能力，但魔力或許催發得更旺了。

「還有，那個叫威廉的傢伙也是。什麼美好的戀情啊！簡單來說，不就只是有個技官染指了不諳世事的小朋友部下嗎。身為男人，他在某方面來說是令人亂尊敬一把啦，不過從為人來講只能說讓人鄙視嘍。」

「啊…………」

那些話成了臨門一腳。

感覺似乎傳來了大血管「啪」地氣到斷裂的聲音。

緹亞忒大概是判斷以半吊子的速度逮不住費奧多爾。她在地面的銅板上踩出特大的窟窿，並且拔腿直衝。

（……果然來這套嗎？）

費奧多爾停住呼吸，勉強用眼睛追尋其動作。

快得驚人。

劍柄脫手了。拋在半空的大劍開始自由墜落。緹亞忒遠比落體運動更快，才一舉拳，人就逼近到費奧多爾的眼前。

為什麼不用劍？大概是因為她已經不打算嚇唬人了。儘管多少有手下留情，她仍有了要對費奧多爾造成傷害的覺悟，揮拳痛擊。

而在這種情況下，那本來也是最佳的選擇。直到剛才，費奧多爾都拚命（名符其實）地在躲劍，眼睛早就適應她的劍路了。此時，緹亞忒要是用全然不同的方式進攻，費奧多爾根本不可能完全閃過。

然而。

強行換招的人，在行動上的選項必定會變少。雖然費奧多爾並未看清緹亞忒的動作，還是料到她應該會衝過來肉搏。

從平時訓練觀察過的動作來判斷，她會從右腳起步。飛身向前直接拉近間距以後，就會扭身利用左腰帶動右肩發動蓄勢的一擊，從斜上方朝對手的頸根揮拳搗下。

費奧多爾料到她會來這套，便予以迎擊。先是俯身躲過拳頭應會劃出的曲線，再一邊鑽向前，一邊劃弧似的探出左手。

經過一眨眼的時間。

緹亞忒趴倒在地，費奧多爾則將她的手臂扳到背後，制住了她的行動。

「啊……」

被拋在半空的劍掉到地上，發出「喀啷」的刺耳聲響。

緹亞忒應該不懂霎時間發生了什麼。她變得一臉呆愣，反覆眨了幾次眼睛。

費奧多爾從喉嚨吐出一大口氣。彷彿好幾個小時都沒呼吸的窒息感。

「是我贏了。」

「你……你喔！」

緹亞忒仍維持被制伏的姿勢，只把頭轉過來瞪人。

「我不會收回對他們的侮辱喔。」

費奧多爾一邊調整急促的呼吸，一邊說道：

「既然妳們都那樣說了，他們倆應該真的都是了不起的人。八成立過了不起的功勞，也拯救過大陸群好幾次，只求盡全力活完自己的人生吧。

要說那種人的壞話，我也會良心不安。」

「那你何必呢！」

「可是。」

費奧多爾使勁補充氧氣以後，便大聲告訴她：

「現在當著我眼前，將妳們的人生逼到絕路的就是那兩個人！」

片刻沉默。

「……啥？」

緹亞忒似乎來不及理解自己被數落了什麼。

狠勁只消了一半的糊塗臉孔。

「再說，我講得沒錯啊！

他們連學妹有多頭腦簡單、有多純真無邪都沒發現，只將唱高調的羅曼史演完就退場，實在太差勁了吧！到最後兩個學妹都教成了被戀愛弄得滿腦子打結又最喜歡自我犧牲的女生，簡直難笑到極點，反而令人想笑了！」

順帶一提，費奧多爾也只是任憑衝動把想到的話一股腦兒全講出來，根本沒有掌握清楚自己在說什麼。

足足隔了幾秒鐘以後，緹亞忒的臉再次染上怒色。

「你說誰被戀愛搞得滿腦子打結還最喜歡自我犧牲啊！」

「妳們啦！就是妳們！難道妳沒自覺嗎！要有自覺！」

「還有『頭腦簡單』跟『純真無邪』又是什麼話！你對我跟菈琪旭的態度未免差太多了！」

「我的意思能傳達得那麼精確，不就表示妳有自覺嗎！」

「怎樣，原來你真的是那個意思喔！真不敢相信！」

「居然套我的話！妳那種卑劣的手法——」

霎時間。

太多事情在短短的時間內發生了。

首先，是費奧多爾的視野移位了。

為了理解狀況，他花了短瞬的時間。他判斷恐怕是緹亞忒用了驚人的力氣將自己推開。用於制伏的技巧，還有理應占上風的形勢，足以將一切要素翻盤仍綽綽有餘的純粹臂力。

費奧多爾將右手臂一繞，亮出附秤砣的繩索。他劃出一大道弧線，讓秤砣加強勁道。

緹亞忒的目光在眼前稍縱即逝，感覺她似乎在說：「抱歉。」

她蹬了地面。

緹亞忒撿起剛才拋開的劍，在地面的銅板上蹭出一大條皺痕並調頭改向。她朝著「蕁麻」及寄宿於其中的〈第十一獸〉，疾奔如風。

快——

費奧多爾終究連出聲制止都來不及。緹亞忒令劍身上的裂痕擴張，光芒從中綻放。有狀況正要發生，事情正要變得無法挽救。費奧多爾察覺了那一點，卻焦急得像在水中掙扎一樣，什麼也辦不到。

住——

光芒觸及了。

間隔片刻，震耳欲聾的驚人爆炸聲傳出。

費奧多爾將腦袋的集中力發揮到極限，那一瞬間發生過什麼，他近乎精準地掌握到了。即使他被緹亞忒推開，滾在地上處於連姿勢都仍未重新站穩的狀態，對於逐漸在眼前完成的絕望，還是精準地掌握到了。

設置在這塊地方的火藥，分成兩個階段爆破。

雖然猜不透當中的細密心思，但肯定是想用來對付人才對。

利用最初的爆破，等軍方聚集到成長過的〈第十一獸〉周圍以後，再一網打盡——要不然，就是當著爭論是否要讓港灣區塊墜落的人們面前，宣告遊戲結束——應該是為了這種扭曲至極的目的才設計的機關。

所幸，目前在場的只有費奧多爾與緹亞忒兩人。同時，不幸的是，目前在場的也就只有費奧多爾與緹亞忒兩人。

手——！

一瞬間，黑水晶的侵蝕將整艘「蕁麻」都吞納了進去。

當然，災變不可能就那樣結束。只見黑水晶瞬時將固定船體的錨臂吞噬進去，逐漸在港灣區塊擴散開來。

掀湧的爆炸氣浪減緩了緹亞忒衝刺的速度。然而，黑水晶同化的力量正以驚人之速逼近她腳邊。

已經來不及了。

當覺悟從費奧多爾腦中閃過的瞬間。

「轟」的一聲，腳邊嚴重搖晃。

世界傾斜了。

令人毛骨悚然的飄浮感包裹住全身。

費奧多爾有了地面消失般的錯覺，緊接著在下一刻，他便明白那並非錯覺。第五、第九、第十四號區塊的計劃性崩落。看來計畫按照指示，以及時的形式執行了。雖然分別有一員糊塗的四等武官與上等相當兵遭受波及，但要是這點程度的犧牲能保住整座懸浮島，就沒有必要猶豫。

（……唔。）

費奧多爾伸出右臂。剛才那條附秤砣的繩索，在時間流動得緩慢到令人焦急的視野中，終於纏住緹亞忒的腳踝。

緹亞忒因而失去平衡。

但是，也就如此而已。費奧多爾沒有餘力將她拖回來。

多虧她姿勢不穩，原本會一頭撞進〈第十一獸〉體內而瞬間完蛋的結局，成功地將喪命的時刻推遲短短幾秒了。如此而已。

她的死已經無可避免。而且，晚一點就會輪到自己，費奧多爾心想。

我不想死，費奧多爾心想。

同時，他在內心深處，接納了八成已經逃不過的墜落之死。認命的念頭讓全身放鬆了力氣。

即使如此，有意賴活的身體姑且還是在動。費奧多爾在仍然安好的地面上跌跌撞撞，一邊打滾，一邊仍設法起身，隨後。

「好痛！」

原本讓費奧多爾落腳的結構物，逐漸分解得零零碎碎，而後墜落。

就算是〈第十一獸〉，也無法與未接觸的物體同化。只要被甩到空中，就能完全逃離其威脅。

話雖如此，不用說。那種做法只會稍微改變過程，最後得死這一點依然不變就是了。

（……哎，這樣大概還算好的吧。）

費奧多爾在心裡低聲咕噥。

（以死法來說，白白送命還是比自我犧牲上乘。）

踏出的鞋底沒踩到銅板組成的大地，徒然落空了。

他的全身被拋到無重力的世界。

──鈞啟，我親愛又混帳的偉大姊夫。

費奧多爾一邊委身於令人顫慄的飄浮感，一邊在心中細語。

──待會兒，你不成材的小舅子就要過去那邊了。對於你想保護的世界，對於殺了你的世界，我曾努力設法要令其滅亡，但似乎仍力有不逮。一想到自己花了五年都在做什麼，實乃汗顏之至。

──不過，這樣的我也有一項自豪的事情。在五年前失去一切的那天以後，我就一直避免跟人過度親近而活到現在。為了讓自己死於任何時刻、任何形式，都不會造成他人悲傷，為了能抬頭挺胸地消失，我不會讓任何人把我的死當成美談。我的心願實現了。此刻，我正準備獨自歸於虛無。單憑這一點，我有把握自己已經超越了以往總是精悍且正確無比的你──

†

費奧多爾覺得有些不對勁。

飄浮感在不知不覺中消失了。無論過多久都沒有撞上大地的地面。

更重要的是，感覺自己被某種滿溫暖的東西包裹著。

他戰戰兢兢地睜開了眼睛。

緹亞忒的臉就在眼前。

「……呃？」

費奧多爾開始掌握狀況。目前自己似乎緊抓著緹亞忒的身體。而緹亞忒的背後，有淡淡翠綠色的一大片透明幻翼浮現。

「原來妳活著？」

「嗯。」

緹亞忒沒有動脖子，只用了聲音對他點頭。

「難道……妳會飛？」

「嗯。幸虧有你的這個，驚險趕上了。」

緹亞忒說完，就晃了晃纏在右腿的那條附秤砣的繩索給他看。她利用費奧多爾擲了這玩意兒所爭取到的短短幾秒鐘，設法生出這對幻翼，成功從水晶化的地面起飛了……似乎是這麼回事。

這樣啊。原來所謂的魔力，連這種事都辦得到。費奧多爾本來以為自己對魔力有所認識，卻嚴重顯露了自己的無知。

「我完全輸了。結果，我阻止不了妳的突擊。」

費奧多爾深深嘆氣。大概是因為他把氣吐在莫名其妙的地方，伴隨「呀啊」的微微驚呼，緹亞忒差點一個不穩亂了手腳。

「我才強烈地覺得自己輸給了你耶。結果我又沒有跟那傢伙打上一場，人也還活著。你剛才說的那些話，我也根本頂不回去。」

「剛才？」

「……既然你不記得，那就算了。」

什麼話啊？

無法釋懷的感覺依舊還在，相擁的兩人慢慢地拉回高度。

太陽即將西沉。

「我跟妳都輸了嗎，真是不痛快的結尾。」

「算是那頭〈獸〉獨贏？」

「哎，那倒未必。」

結果他們只是隨著〈獸〉造成的威脅起舞，連挑戰都不成。明明如此，要說得好像勝負已分，似乎也有所錯誤。

到最後，沒有墜落的港灣區塊大約剩整體的一半出頭。納克斯站在殘留的港灣旁邊，一副嫌麻煩似的揮手。

另外，癱在他旁邊的菈琪旭整張臉都哭歪了，同時仍使勁地猛揮兩條手臂。

「……什麼嘛。結果，我連姊夫都沒有贏嗎。」

「咦？」

「呃，沒事。」

費奧多爾答完以後，便重新抓緊緹亞忒的身體。

「妳好溫暖。」

說完，他閉上眼睛。

「……我問你喔。」

費奧多爾聽見細語似的聲音，便睜開一邊眼睛。

「怎樣？」

「我沒辦法變得跟學姊一樣。你知不知道以後我該怎麼活下去才好呢？」

「……誰知道。」

他盡可能地用了輕鬆的語氣回答。

「隨妳摸索就好。我想，活著本來就是這麼回事啊。」

†

將近一週的時間飛也似的過去了。

費奧多爾被一等武官罵了一頓，犒勞了一頓，連帶也誇了一頓，麻煩透頂的一週。

由於隔了許久才得到可以個人行動的時間，他決定去市內。照例沒有獲得允許，鑽過鐵絲網就到了外頭。

費奧多爾打算到舊礦山那邊。上次沒吃到的炸雞，這次有心情好好享用了。雖然得走上一段路，不打緊，對於想吃大份量食物的人來說，空腹一向都是調味品。沒任何問題。

他走在路上。

萊耶爾市的路，對走過那裡的人來說一點也不好走。結構錯綜複雜，有的門不按某處的按鈕就不動，三岔路時增時減還會移位，甚至突然就有蒸汽噴出來。不熟悉的人自然寸步難行，就算是熟悉的人，一不留心便會發現自己走在完全陌生的暗巷。

「……那麼。」

費奧多爾走過初次踏訪的路，找到了適於休憩的公園。

他手拿包裝好的炸雞，坐到生鏽的長椅上。啃下一口，肉汁四溢。跟剛炸好時相比就嫌冷了一些，不過這樣要吃反而方便。

好辣，又辣又美味。他一臉滿足地大口咀嚼。

「**姊**，好久不見。」

同時，正眼不看地就朝旁邊搭了話。

「嗯，好久不見。」

有個銀髮女子若無其事地答話，並且直接坐到長椅旁邊。

她是何時站在那裡的？

「五年不見了，費奧多爾。沒想到你過得滿好的嘛。」

女子連連點頭稱是。

「別說妳沒想到。我上星期差點真的沒命。」

「好像是呢。畢竟我想都沒想過你會在這種地方，也沒想過你居然會加入護翼軍，更沒想過你會一頭栽進我的計畫。」

旁邊的女子語氣爽快地說

「為什麼你要在護翼軍當軍人？」

「為了我的目的，還有我的大義。希望妳別來礙事就是了。」

「我是沒有那種打算，不過你要是擋我的路，我照樣會把你踩平喔。」

「妳這個姊姊到底把親人當什麼啊？」

「真遺憾。我可不覺得自己有那麼冷漠。如果你死了，我至少會替你哀悼一會兒。有心情的話，也會送花到墓前。」

「那真是太感謝了。以妳的作風來說，還挺溫柔的。」

費奧多爾張口咬下雞肉。

旁邊的女子是她的親姊姊，曾是艾爾畢斯國防軍軍團長妻子的她溫婉地笑了。

「所以呢，上週的〈第十一獸〉是妳利用『小鱷』搞的鬼吧。妳不惜動用那種最終兵器，是想在這座島上做些什麼？」

「這個嘛……關於這部分，先當作祕密吧。」

她將手指湊到唇邊，嘻嘻笑出聲音。

「不過別擔心，我應該不會妨礙到你的計畫。」

費奧多爾嘆氣說道：

「姊，一和妳說話，我就會覺得自己被迫重新見識到墮鬼族是多麼性格乖僻的種族。」

「哎呀，說得這麼過分。」

「是妳平日所為導致的。」

費奧多爾說完，就清掉了剩下的雞肉。

「那麼。和可愛的弟弟也見到面了。其實我時間不多，差不多該走嘍。」女子從長椅起身。「……反正彼此都累積了許多話想談才對，難得有機會，下次再見面吧。約在下週如何？」

「……抱歉，姊。那免談。」

「哎呀。」

女子愣住了，表情變得像發現禮物盒中空空如也的小孩一樣。

「我不會再跟任何人做重逢的約定。在五年前的那一天，我就如此決定了。」

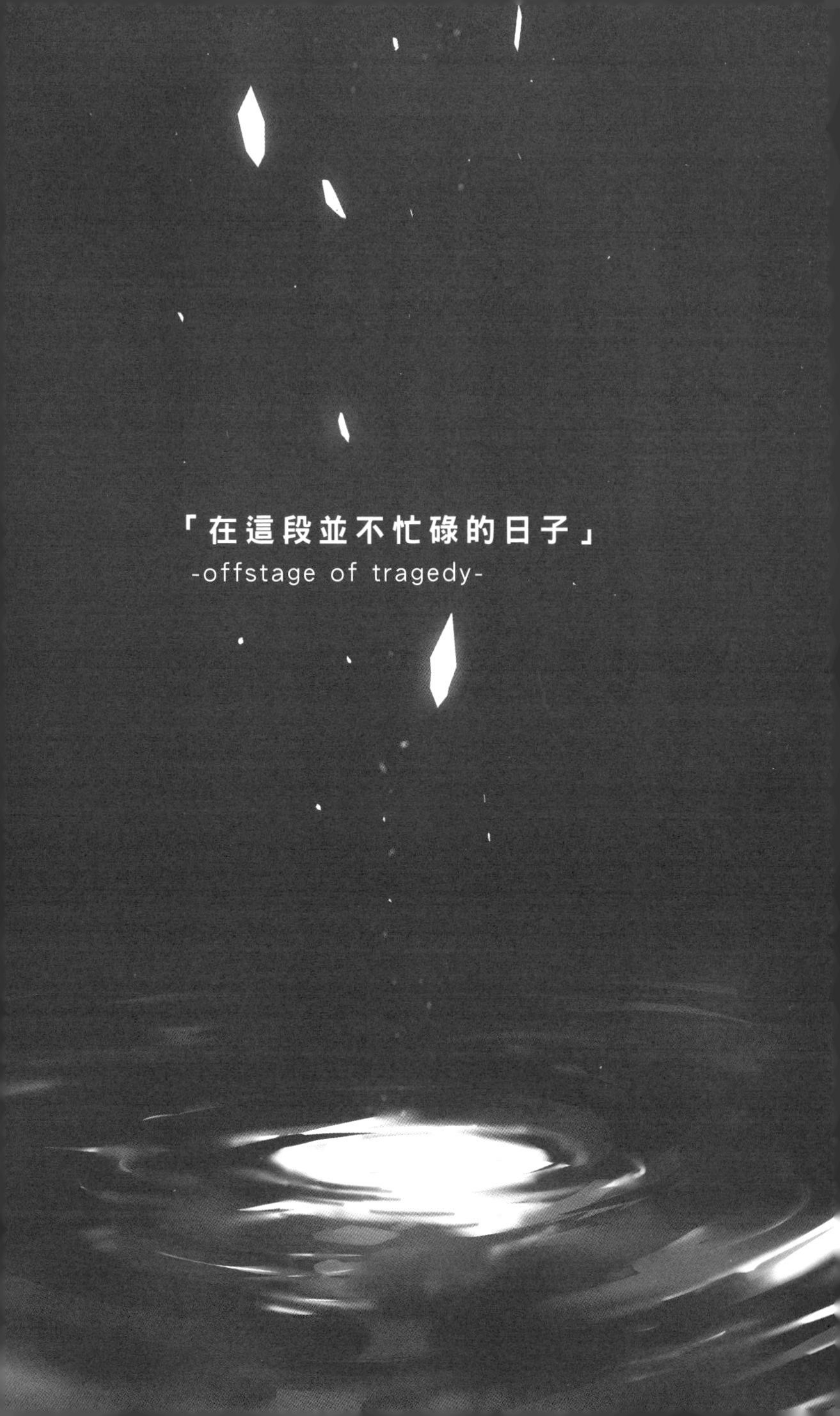

「在這段並不忙碌的日子」

-offstage of tragedy-

整片赤紅的世界裡，充滿著憎恨。

絕不原諒。無論發生什麼都不會忘。遲早有一天，要殺了你。

那並非宣言，而是誓言。傳不到任何人耳裡也無妨，不會留在任何人記憶中也無妨。只要在自己心中仍有一片憎恨的火焰持續點亮就好，那是對自己內心所發的誓言。

『啪噠』『有某種東西壓爛的聲音』

『啪噠』『有將某種東西壓爛的感覺』

將右手舉到面前，試著確認。有變得像垃圾的東西被抓在手裡。『仔細一看，原來那是——』『以往也曾經和睦地彼此歡笑，十分要好且互相重視的，寶貴朋友』

『總覺得心』『情變得好亢』『奮，笑容洋』『溢而出』『……

「————可蓉！」

少女聽見那句大聲的呼喚，醒了過來。

「……咦…………？」

她用右手捧住怦通怦通吵個不停的心臟。

啊……原來真的有被自己聲音驚醒的狀況。無關緊要的瑣事讓她稍微有所感佩。

「吵死了……不要在半夜鬼吼鬼叫……」

在雙層床的上鋪，緹亞忒正用幾乎完全睡迷糊的聲音發出抗議。儘管少女覺得對方應該聽不見，還是先低聲說了句抱歉。

少女想起先前發生的那件事，然後重新感覺到，緹亞忒平安真是太好了。

緹亞忒大概是認為她們三個月後就會死吧。因此，她急著想讓自己的死變得有意義。只要能讓多一個同伴活下來，即使多活一天也好，緹亞忒就會為她們而死。她如此希望，並且採取了行動。

少女非常能理解那種心情。

正因為如此，她心想。別說三個月，她希望緹亞忒她們能活得更久。

以前，她聽菈恩托露可學姊提過。

據說妖精是在理解死是什麼以前就夭折的幼童魂魄最後所落得的模樣。而在妖精當中，黃金妖精更是以特別巨大的魂魄為基底構成的。

雖然她不明白其中的道理，但她們在出生之前，曾是某種巨大而不同的存在，唯有這一點，她可以靠感覺理解。

假如她們的真面目就是迷途魂魄，魂魄本身肯定會有其來路才對。既然魂魄有其來路，當中就會有記憶才對。她們目前身為妖精的記憶，恐怕才是虛假的。假如魂魄原本該有的記憶甦醒，她們大概會立刻消失不見吧。

那肯定就等於自己的死。

或者，那說不定是比死更恐怖的事。

喝個水好了，少女心想。

之前打好的水，水壺裡還有剩。

少女從床上起身。她拿起在暖爐旁邊，擱在小桌子上沒動的水壺。將水倒進杯子，朝喉嚨裡灌下一口。

忽然間，她注意到牆上的鏡子。

據說在這間宿舍，所有房間牆上都掛著跟這一樣的鏡子。她曾想過要將鏡子拿下來，不過那似乎用釘子或什麼固定，要拿掉並不容易。她也怕別人問「為什麼不想看鏡子」，因此無法強烈要求。

鏡子裡，映著紅眼的少女。

那名少女直直望著她這裡，陰森森地揚起嘴唇露出了笑容……她有這種感覺。

「…………唔！」

少女忍不住用雙手掩住嘴邊。杯子脫手掉落。它落在地毯上，毫無聲音地微微滾動，然後停下。

少女當場跌坐在地上。她用雙手捂住雙眼，低聲發出嗚咽。

她希望乾脆將這兩顆眼睛戳爛。她想把它們挖出來。假如那樣保證能解決問題，她甚至覺得自己肯定會毫不猶豫地照做。

有自己不認識的某個人，待在那裡。

有自己不認識的記憶、想法、衝動正要從那裡湧出。

而且那對她們來說，肯定未必是好事。

那一晚，菈琪旭・尼克思・瑟尼歐里斯絲毫未能成眠。

名為後記的後記／也就是後記

末日將至的世界，和本身故事完結後的前青年勇者。

還有為了對抗末日，而打算自我了結的少女們。

在「未來」這個詞聽起來理應只讓人感到空虛的那塊地方，人們仍努力活過今天，並且用盡心思朝明天伸出手……

感覺上劇情便是如此祥和的《末日時在做什麼？有沒有空？可以來拯救嗎？》系列全五集，目前正由台灣角川好評發售中！敬請尚未讀過的讀者，務必也要關照這個系列！

全力打完廣告以後的問候語。

讓各位久等了……雖然以這次來說，感覺如此問候有怪異之處，總之我是枯野。為您獻上人們在天空上堅強而勇敢地活下去的故事，新系列的第一集。

姑且要補充說明的話，本作與前面所提的那套系列，有著共通的世界以及部分登場人物。

當然，以故事來說是獨立的，應該不會出現「沒統統讀過就看不懂劇情！」的狀況。不過當然了，一併讀過應該就能更加深入地享受兩邊的故事才對，因此敬請尚未讀過的讀者，務必也要關照全五集的上一個系列（第二次全力宣傳）。

對於從上一部系列就奉陪至此的讀者們（誠摯感謝！），若要事先說明，本作舞臺是位於前作的「最後一戰」發生後，隔了五年左右的時間點。原本還小的孩子們，都各自長大了一些。能純真歡笑的時期已過，她們也稍微學會了悲傷的表情。

一直在身旁給予支持的保護者已經不在。在必須自力振作並前往戰場的她們背後，究竟有誰能給予支持呢？

……哎，這次的故事似乎會是這種調性。

或者說，故事或許會以蕭條城市的軍事基地為舞臺，讓純樸的四個鄉下姑娘過著悠然無慮的職場生活。每到喝茶的時間，她們就會一手拿著鬆餅，熱絡地講起討厭鬼上司的壞話。那傢伙真讓人火大耶～光是你一言我一語地這樣講著，休息時間就結束了，還會被身為當事人的上司用檔案夾敲頭催促「快工作」。對不起，這是騙人的，我沒有打算安排這樣的故事。

……我說沒有就是沒有喔。

那麼，關於之後的集數，現階段實在還不能談及具體內容，不過企畫本身已經動起來了，只要沒有太大意外——或者我沒有受誘惑突然想到遠方旅行的話——我想在不久的將來就能送到各位手上。

我想也有許多讀者已經知道了，關於這類情報，都會在推特的角川sneaker文庫官方帳號（@kadokawasneaker），以及我的個人帳號（@a_kareno）以輕鬆的調調公開。若有讀者想關心小說發售日、劇情概要、小話題及除此以外的新情報，請務必上去看看。

那麼，但願在不遠的將來，我們就能在那片天空上頭再會。

二〇一六年　冬

枯野　瑛

國家圖書館出版品預行編目(CIP)資料

末日時在做什麼？能不能再見一面？/ 枯野瑛作；鄭人彥譯. -- 初版. -- 臺北市：臺灣角川, 2017.07-
冊；　公分

譯自：終末なにしてますか？もう一度だけ、会えますか？
ISBN 978-986-473-786-4(第 1 冊：平裝)

861.57　　　　106009110

Kadokawa
Fantastic
Novels

末日時在做什麼？能不能再見一面？ 1

（原著名：終末なにしてますか？もう一度だけ、会えますか？#01）

2017年7月20日 初版第1刷發行
2023年8月10日 初版第8刷發行

作者：枯野 瑛
插畫：ue
譯者：鄭人彥
發行人：岩崎剛人
總編輯：蔡佩芬
編輯：彭曉凡
美術設計：李思穎
印務：李明修（主任）、張加恩（主任）、張凱棋
發行所：台灣角川股份有限公司
地址：104台北市中山區松江路223號3樓
電話：（02）2515-3000
傳真：（02）2515-0033
網址：www.kadokawa.com.tw
劃撥帳戶：台灣角川股份有限公司
劃撥帳號：19487412
法律顧問：有澤法律事務所
製版：巨茂科技印刷有限公司
ISBN：978-986-473-786-4
